LE JARDIN

DE L'ENFANCE,

DE LA JEUNESSE,

ET DE TOUS LES AGES,

OU

COMPLIMENS DU JOUR DE L'AN ET DES FÊTES, POUR
DES PARENS, DES BIENFAITEURS, DES AMIS, ETC.

DIXIÈME ÉDITION,

Entièrement refondue et rangée dans un meilleur ordre
que les précédentes;

SUIVI

D'UN PETIT SECRÉTAIRE A L'USAGE DES ENFANS.

Parcourez ce Jardin, cueillez-y, chaque jour,
Des bouquets pour fêter la Nature et l'Amour,

PARIS,

PIGOREAU, LIBRAIRE POUR LES ROMANS,
Place Saint-Germain-l'Auxerrois, n°. 20.

1835.

Y 5492.
N°.

LE JARDIN

DE L'ENFANCE,

DE LA JEUNESSE,

ET DE TOUS LES AGES.

1835.

PARIS. — IMPRIMERIE ET FONDERIE DE FAIN,
RUE RACINE, Nº. 4, PLACE DE L'ODÉON.

LE JARDIN

DE L'ENFANCE,

DE LA JEUNESSE,

ET DE TOUS LES AGES,

OU

COMPLIMENS DU JOUR DE L'AN ET DES FÊTES, POUR
DES PARENS, DES BIENFAITEURS, DES AMIS, ETC.

DIXIÈME ÉDITION,

Entièrement refondue et rangée dans un meilleur ordre
que les précédentes ;

SUIVI

D'UN PETIT SECRÉTAIRE A L'USAGE DES ENFANS.

Parcourez ce Jardin , cueillez-y, chaque jour,
Des bouquets pour fêter la Nature et l'Amour.

PARIS,

PIGOREAU , LIBRAIRE POUR LES ROMANS ,
Place Saint-Germain-l'Auxerrois , nº. 20.

AVERTISSEMENT DE L'ÉDITEUR.

DIX ÉDITIONS bien réelles, bien faciles à
constater par des refontes successives, attestent,
sinon le mérite, du moins l'utilité de ce petit
ouvrage. Celle-ci surtout a l'avantage d'un re-
maniement complet. Toutes les parties qu'elle
renferme ont été scrupuleusement revues et
corrigées. Chaque strophe a été retouchée ; partout la serpe ou le greffoir ont tour à tour été
mis en usage. Partout on a impitoyablement
élagué, ou fait avec soin les additions néces-
saires : c'est donc ici, pour ainsi dire, une composition, nouvelle avec toutes les chances d'une
ancienne réputation.

Il ne manque pas de recueils de ce genre ;
mais presque tous sont copiés les uns sur les
autres, et souvent même enrichis du pillage de
nos précédentes éditions. Celle-ci échappera-
t-elle au sort commun de ses devancières ? Nous
ferons, avec le secours de la Loi, tout ce qui
dépendra de nous pour le lui éviter ; car, autant nous sommes flattés de voir le public cueil-

lir une à une les simples fleurs dont se pare
notre *Jardin de l'Enfance*, autant nous nous
indignons contre ces forbans littéraires qui se
plaisent à dévaster la propriété d'autrui.

Les sentimens d'amitié, d'amour et de reconnaissance ont entre eux tant de liaison,
d'affinité, que tous nos complimens et bouquets, au moyen de quelques légers change-
mens, de quelques modifications, peuvent éga-
lement s'adresser à tous ceux qui nous sont
chers. Dans les couplets de fêtes patronales, il
ne s'agira souvent que de changer un mot pour
les rendre applicables à tel saint ou telle sainte,
plutôt qu'à tel ou telle autre.

La plupart de ces complimens peuvent se
chanter. On a mis à la fin du livre une *Table
des Airs* qui en donne la facilité.

On n'a rien négligé pour rendre ce Recueil
aussi utile qu'intéressant ; il sera d'un grand
secours pour les instituteurs et les institutrices,
qui, pourvus d'ailleurs de talens plus solides,
peuvent très-bien ne se pas trouver toujours
en verve pour composer des complimens à leurs
élèves. Ils en trouveront ici pour tous les âges,
sexes et conditions ; tous les cas ont été prévus.

TABLE GÉNÉRALE.

FIN DE LA TABLE GÉNÉRALE.

ERRATUM.

Page 59 , vers 5 :

Au lieu de :

Ah laisse-moi , ne fût-ce qu'un instant ,

Lisez :

Ah! laisse moi , fût-ce un instant , etc.

LE JARDIN

DE L'ENFANCE,

DE LA JEUNESSE,

ET DE TOUS LES AGES.

PREMIÈRE PARTIE.

Bouquets et Complimens offerts par l'Enfance, au Jour de l'An, aux Fêtes, Anniversaires, Convalescences, etc., etc.

§ Iᵉʳ. *A des Pères et Mères.*

1.

    Enfin, maman,
    Le nouvel an,
      Sans feinte
    Et sans contrainte,

Revient, chez nous,
Promettre à tous,
Les momens les plus doux!

Ici, tu peux m'en croire,
Plein d'une égale ardeur,
Chacun mettrait sa gloire
A faire ton bonheur.
　Vois-tu, maman,
　Le nouvel an, etc.

Papa, tendre, peut-être,
Plus que le premier jour,
Près de toi sent renaître
Aujourd'hui son amour.
　C'est que, maman,
　Le nouvel an, etc.

Qu'avec la même ivresse,
Époux, amis, enfans,
Heureux par toi sans cesse,
Redisent dans cent ans :
　Tendre maman,
　Le nouvel an,

Sans feinte
Et sans contrainte,
Revient, chez nous,
Promettre à tous
Les momens les plus doux.

---

2. Unique objet des soins constans,
Des bontés de mon père,
Plus je grandis et plus je sens
Combien je lui suis chère.
Ah ! mon cœur, en un si beau jour,
Plein de reconnaissance,
Voudrait du moins de son amour
Lui donner l'assurance.

Reçois, cher papa, ce bouquet
De la fille qui t'aime !
Mais n'y vois, d'un amour parfait,
Qu'un imparfait emblême.
La rose, dans un même jour,
Naît, s'entr'ouvre, est flétrie :

Le seul terme de mon amour
Est celui de ma vie.

———

3.   Je suis petit ;
Je ne connais ni saint ni fête ;
Comment aurais-je de l'esprit ?
Mais j'ai dans ma petite tête,
Certain plan qui n'est pas trop bête,
    Quoique petit.

    Mon petit cœur,
Maman, tu le savais d'avance,
N'est heureux que de ton bonheur.
Tu fais tout pour ma faible enfance :
Je viens t'offrir en récompense
    Mon petit cœur.

———

4.   Pleins de reconnaissance
    Des soins que chaque jour
    A notre faible enfance
    Prodigue ton amour,

L'aurore à peine brille
Que nous venons, maman,
Célébrer en famille ;
Le premier jour de l'an.

Lorsqu'un sort trop sévère
Prive mes sœurs et moi
Du plaisir de te faire
Un don digne de toi,
Que t'offrir comme un gage
De sentimens pieux?...
Nos cœurs, voilà l'hommage
Qui te plaira le mieux.

Au nom de ta famille,
Dans cet heureux moment,
Quand ta plus jeune fille
T'adresse un compliment,
Garde-toi bien de dire :
« Les vers n'en valent rien ; »
Quand l'amour les inspire,
Les vers sont toujours bien.

_____

5.   A te tresser une couronne,
Papa, je mettais mon bonheur ;
Mais Flore, en deuil, avec l'automne
A vu se passer mainte fleur.
A mon gré que ne vivaient-elles
Tout le moins jusqu'à ce beau jour !
Mais l'hiver a des immortelles :
C'est l'emblême de mon amour.

6.   Prenant pour guide, en ce beau jour,
Notre cœur bien plus que l'usage,
Nous venons d'un sincère amour
Vous offrir le timide hommage.
Par des soins, des efforts constans,
Nous saurons vous donner la preuve
Que, sans faiblir, il peut du temps
      Subir l'utile épreuve.

———

7   Quand le printemps de roses se couronne,
Quand sa parure embellit nos bosquets,
On peut unir pour former des bouquets,
Lilas, jasmin, œillet, myrthe, anémone.

Mais quand l'hiver, pour régner à son tour,
Ouvre un champ libre aux fureurs de Borée,
Flore, inquiète, abattue, éplorée,
En gémissant fuit ce triste séjour.

Notre climat de la saison cruelle,
En ce moment, supporte les rigueurs;
Autour de nous, hélas ! que laisse-t-elle?
Vergers sans fruits et bocages sans fleurs.

En gémirai-je? en perdrons-nous la tête?
Pour en douter j'ai de bonnes raisons :
Une saison qui ramène ta fête !
C'est à nos yeux la reine des saisons.

---

8. Papa, tu vas bien rire
De mes petits projets!
Je te voulais redire
Chacun de tes bienfaits :
Eh bien ! vaine espérance !
A peine est-ce à propos
Que ma reconnaissance
Risquera quelques mots.

Petit cadeau sait plaire;
Mais, à mon grand regret,
Je ne puis à mon père
Donner même un bouquet.....
Au lieu de fleur nouvelle
Je viens t'offrir mon cœur,
Croyant qu'un cœur fidèle
Vaudra bien une fleur.

Qu'à son gré chacun vante
Le vieux calendrier,
Qui de l'an nous présente
Le tableau tout entier !
Moi, je le trouve bête :
C'est par ses sottes lois
Qu'en douze mois ta fête
Ne revient qu'une fois.

———————

9.   Vous, en qui l'on trouve à la fois
Des vertus l'aimable assemblage,
Vous, maman, dont le ciel fit choix
Pour nous dicter de douces lois,
De ces fleurs recevez l'hommage !

Fraîches, je viens de les cueillir :
Elles vont encor s'embellir,
Puisqu'en cet heureux jour de fête,
Elles orneront votre tête.

---

10.   Je n'ai point cueilli de bouquets
        Pour couronner ta tête ;
Je viens, sans art, en deux couplets,
        Te souhaiter ta fête.
Mais, en revanche, dans mon cœur,
        J'ai fait le vœu sincère
De travailler à ton bonheur :
        C'est mieux fêter un père.

A mes accens tu souriras ;
        Moment rempli de charmes !
Tu vas me presser dans tes bras,
        Versant de douces larmes.
Plein de cet espoir ravissant,
        Ma tâche était légère :
Tout semble facile à l'enfant
        Qui dit : « C'est pour mon père ! »

---

11. Pourquoi ces fleurs qu'à l'envi l'on apprête ?
    Pourquoi papa va-t-il, vient-il ainsi ?
    Mon cœur me dit qu'aujourd'hui c'est ta fête ;
    Ta fête ! eh ! mais c'est donc la mienne aussi !

    De ton enfant la langue embarrassée
    Ne peut qu'à peine encore s'exprimer ;
    Mais dans mes yeux tu liras ma pensée,
    Tu connaîtras combien je sais t'aimer.

    Sur tes vertus mon cœur simple et docile
    De se former s'est fait la douce loi ;
    Maman, de plaire il me sera facile :
    Tout bonnement, je ferai comme toi.

    ———————

12.   Loin d'un bon père,
       Du temps j'éprouvais la rigueur :
       Pour atteindre à ce jour prospère
       Qu'un an s'écoule avec lenteur
                Loin d'un bon père !

            C'est pour mon père
       Qu'au matin je forme des vœux ;

Le soir, si mon humble prière
Aspire à monter vers les cieux,
    C'est pour mon père.

    Tout à mon père,
Sans nulle offrande ici j'accours ;
Pour tout bien j'eus un cœur sincère ;
Il fut, il est, qu'il soit toujours
    Tout à mon père !

---

13.   Pleins du sujet qui nous rassemble,
Amis, dans cet heureux séjour,
Nous avons à fêter ensemble
L'Amitié, l'Estime, l'Amour.

Si c'est un tribut de l'usage,
Ce tribut à rendre est bien doux :
N'y voyez, papa, qu'un hommage
Aux vertus qu'on admire en vous.

Pour qui, sous votre heureux empire
Voit fleurir ses jours les plus beaux,
Vous aimer, papa, vous le dire,
Sont toujours des plaisirs nouveaux.

---

14.   O toi qui me donnas la vie,
      Et, mille fois plus, le bonheur !
      Quand revient ta fête chérie
      Pour bouquet accepte mon cœur.
      Si ma main, à ma tendre mère,
      N'offre point de fleurs en retour,
      Je sens là vif désir de plaire,
      Profond respect, sincère amour.

—————

15.   A mon timide empressement
      Tout manque, hélas ! talens, richesse !
      Mais à ma mère une caresse
      Plaît mieux qu'un don, qu'un compliment.

      Loin donc l'art et son imposture !
      A tes yeux ils sont sans appas :
      Les plus beaux vers ne valent pas
      Le simple élan de la nature.

      Lis dans mes yeux ce que je sens :
      Tu connais si bien leur langage !
      Et conserve-moi d'âge en âge
      Ton amour, tes soins caressans.

Des fleurs sont toute mon offrande ;
Tu l'accueilles, tu lui souris !
Ton cœur y met donc quelque prix ?
C'est tout ce que le mien demande.

———

16. Tout ce qu'ici bas je désire,
C'est ton bonheur le plus parfait ;
Oui, maître d'un puissant empire,
J'en voudrais former ton bouquet.
Je possède un cœur, une rose :
Reçois-les... je n'en garde rien.
Ce n'est pas te donner grand' chose ;
Mais c'est te donner tout mon bien.

———

17. Si j'ai préféré l'immortelle,
Papa, pour te l'offrir, eh bien !
C'est qu'elle est l'emblême fidèle
D'un amour vrai comme le mien.
On peut, de fleurs mieux nuancées,
Former un bouquet plus galant ;

2

Mais la mienne rend mes pensées,
Et mon bouquet sera parlant.

---

18. Autour de vous, quand tout s'émeut, s'empresse,
De loin, souffrez qu'un fils ose à son tour
Vous adresser le tribut de l'amour,
Le cri du cœur, l'accent de la tendresse !

Ah ! croyez-moi : que de vos destinées
Le cours jamais se règle sur mes vœux !
Tout vous succède, et vos amis nombreux
Par vos vertus vont compter vos années.

Ma main de fleurs ornerait votre tête
Si je pouvais voler auprès de vous ;
Et je dirais, embrassant vos genoux.
« Plus que la vôtre aujourd'hui c'est ma fête ! »

---

19. En ce beau jour, je voudrais bien
Avoir l'esprit de mon grand frère ;
Mais, pour plaire à ma tendre mère,
Je connais un autre moyen :

De mes bras je l'enlace,
　Elle à son tour m'embrasse ;
Elle ressent un doux émoi ;
Contre son cœur elle me presse,
　Elle me sourit, me caresse ;
　Oh ! je suis plus heureux qu'un roi :
Maman, maman est contente de moi !

———————

20.　Papa, que nous l'aimons ce jour
　　Qui pour nous ramène ta fête !
Ces tendres fleurs dont nous parons ta tête,
Accepte-les comme un gage d'amour !
　　Ce soin a le droit de nous plaire,
　　Puisqu'un doux baiser nous attend.
Eh ! quel trésor aux yeux de son enfant
　　Vaudrait le baiser d'un bon père !

———————

21.　Enfans, célébrons le moment
　　Où naquit votre mère ;
Plus qu'aucun autre, assurément,
　　Il a droit de nous plaire.

Pour les cœurs pleins de sentiment,
Vive un anniversaire !
Vraiment,
Vive un anniversaire !

A tout ceci votre maman
Certes ne s'attend guère.
Elle a tort, car le jour de l'an
Et sa fête si chère,
Que sont-ils en les comparant
A cet anniversaire
Charmant,
A cet anniversaire ?

Embrassez-la premièrement
De la bonne manière ;
Puis offrez-lui votre présent,
Et, sans plus de mystère,
Chantez en chœur, chantez gaîment
L'heureux anniversaire,
Vraiment,
L'heureux anniversaire.

Reçois les vœux de tes enfans,
Aimable et bonne mère !

Ah ! puissions-nous, dans soixante ans,
        Gujdés par notre père,
Te rendre encore un doux moment
        Pour ton anniversaire
                Charmant,
        Pour ton anniversaire !

---

22.   Il renaît ce jour si prospère,
        Si propice à nos sentimens !
        A l'envi fêter une mère,
        C'est le triomphe des enfans.

        Il est bien imparfait l'hommage
        Que vous offre un juste retour ;
        Mais à ce faible témoignage
        Ne mesurez pas notre amour.

        En vain, pour ceindre votre tête,
        Nous aurions enlacé des fleurs ;
        Les attributs d'un jour de fête
        Sont moins des roses que des cœurs.

2*

23. De toutes parts les dons de Flore
     S'offraient à mes empressemens ;
     Mais les fleurs qui viennent d'éclore
     N'ont pas à vivre assez de temps
     Pour être un symbole fidèle
     Des vrais sentimens de mon cœur :
     Dès le soir leur éclat frivole
     Disparaît avec leur fraîcheur.
     Plus parfaits , ma reconnaissance ,
     Mon respect , mes soins , mon amour ,
     S'ils doivent finir quelque jour ,
     Ce n'est qu'avec mon existence.

———

24. T'offrir un bouquet en ce jour ,
     N'est que suivre un antique usage :
     Nous y joignons, comme un plus digne hommage,
     Les simples vœux du plus sincère amour ;
     Pour que nul enfin nè l'égale ,
     Et fière encor de l'embellir ,
     Dans ce tribut, l'amitié vient s'unir
     A la piété filiale.

Si, par le nombre des bouquets,
Nous eussions essayé de dire
Les heureux dons qu'en toi chacun admire,
L'on nous eût vus dépouiller nos bosquets.
Mais l'amour, l'amitié fidèle,
Dédaignant un éclat trompeur,
Pour s'exprimer ne veulent qu'une fleur.....
Et cette fleur, c'est l'immortelle.

---

25.   Enfin voici le jour de l'an,
Jour d'étrennes, vois-tu, maman!
Petits cadeaux sont d'un heureux présage ;
Il faut donc à l'antique usage
Se conformer ; mais avec quoi ?
. J'avais un cœur : il est à toi ;
Le tien par troc est à moi : je le garde ;
Pareil trésor jamais ne se hasarde.
Eh bien ! maman, pourquoi tant biaiser ?
Échangeons chacun un baiser.
J'ajoute au mien ces mots si doux : je t'aime.
D'aussi bon cœur ne dis-tu pas de même ?

---

26. De l'esprit combien le langage
  Diffère de celui du cœur !
  Ainsi que le prescrit l'usage,
  La politesse offre une fleur ;
  L'opulence pour l'ordinaire
  Avec éclat fait son présent.
  Baiser que je donne à mon père
  Est le bouquet de sentiment.

———————

27. Heureux d'offrir à la plus tendre mère
  Un faible don, des fleurs, un compliment,
  Laissons-lui voir dans notre ardeur sincère
  L'élan d'un cœur tendre et reconnaissant !
  Pour la chanter que chacun me seconde :
  Parens, amis, tôt ! le verre à la main !
  Que sa santé soit portée à la ronde ;
  A sa santé buvons jusqu'à demain !

  Pour la chanter c'est l'instant favorable ;
  Le cœur inspire ici mieux que l'esprit ;
  Le vrai plaisir préside à cette table,
  Tout auprès d'elle, et par ma bouche il dit :

Pour la chanter que chacun me seconde !
Parens , amis, tôt ! le verre à la main !
Que sa santé soit portée à la ronde ;
A sa santé buvons jusqu'à demain !

———

28.   O ma mère, accueillez l'hommage
De ce bouquet simple et sans art !
N'y voyez pas un don d'usage ,
Mais le tribut d'un cœur sans fard.
De ces fleurs fraîches, naturelles,
S'il s'exhale un parfum si doux,
C'est qu'Amour les rendit plus belles,
En les cueillant exprès pour vous.

———

29. C'est en ce jour, jour si digne d'envie,
Qui nous rassemble à vos genoux,
Qu'on est heureux de vous devoir la vie,
Bien plus heureux de vivre auprès de vous !
Peut-il être un destin plus doux ?
En vous l'esprit, la douceur et la grâce
Sont d'accord pour charmer les cœurs ;

Sur chaque instant qu'auprès de vous l'on passe,
Vous semez de nouvelles fleurs.
Mieux que le sang votre bonté nous lie
Et nous doutons en ce moment,
Si c'est en vous ou la mère ou l'amie
Qu'on chérit le plus tendrement.

30.　　Lorsque chacun en ce beau jour
De fleurs couronne votre tête,
Pour célébrer de mon mieux votre fête,
Souffrez, papa, que je prenne mon tour :
D'un cœur qu'en amour rien n'égale
Recevez l'hommage discret.
Un cœur sincère ! ah ! c'est bien le bouquet
De la piété filiale.

31.　　Simple et bonne nature
Viens moduler mes chants,
Ta naïveté pure
Convient à mes accens.
Oui, dans ce jour prospère
Pour dire mon bonheur,

Je ne veux, ô ma mère !
Consulter que mon cœur.

Pour ta fête si chère ,
Oserai-je t'offrir
Une fleur passagère
Qu'un jour voit se flétrir ?
Non , la fille qui t'aime
Entend son intérêt :
Permets donc qu'elle-même
S'offre à toi pour bouquet.

---

32.   Mon cœur est l'unique présent
Que je puisse offrir à mon âge :
Acceptez-en le tendre hommage ;
Il est tout vôtre assurément.
Puisse le ciel, écoutant ma prière,
De mille fleurs semer votre carrière ,
Et sur votre mérite en mesurant le cours,
Le prolonger sans cesse orné des plus beaux jours !

---

33.   Un pauvre enfant
Que peut-il offrir à sa mère?
  Le pauvre enfant
Possède un cœur reconnaissant.
Ce n'est, dit-on, chose ordinaire:
Reçois donc le tribut sincère
  Du pauvre enfant.

---

34. Permets, papa, que pour ta fête
Je te présente ce bouquet :
De ces fleurs couronne ta tête ;
Au frais jasmin joins cet œillet ;
De ces roses qu'une guirlande
S'enlace parmi tes cheveux.....
Si tu souris à mon offrande,
Je vais voir combler tous mes vœux.

---

35. Pour vous offrir un bouquet
Notre embarras est extrême.
Je crois que Flore elle-même
A peine y réussirait.

Où les trouver ces fleurs par excellence,
Lorsque l'hiver exerce ses rigueurs?
Où les trouver? Elles sont dans nos cœurs;
Ces cœurs pleins de reconnaissance
Pour vous, maman, ne se glacent jamais.
C'est le seul bien qu'on possède à notre âge,
Et nous serons tous satisfaits
Si vous en acceptez l'hommage.

———

36. Papa, c'est ta fête,
Je te la souhaite;
Et je viens, pour te fêter,
Avec toi rire et chanter.....
Papa, c'est ta fête!

Le beau jour de fête!
Ma joie est complète
Lorsque je puis t'embrasser,
T'enlacer, te caresser.
Le beau jour de fête!

Papa, pour ta fête,
J'avais dans la tête

3

D'essayer quelques couplets ;
Bien ou mal les voilà faits ;
Papa, pour ta fête !

Pour chanter ta fête.....
(Mais la chose est faite)
J'aurais voulu de l'esprit ;
Heureux si le cœur suffit
Pour chanter ta fête !

37.　Vous qui m'avez donné le jour,
Tendre papa, mère chérie,
Vous prouver quel est mon amour
Fut toujours ma plus douce envie ;
Par mon travail et mon ardeur,
Si j'obtiens le don de vous plaire,
Je suis au comble du bonheur.
Quels vœux aurais-je encore à faire ?

De ma main accueillez ces fleurs,
Gage imparfait de ma tendresse :
De leur parfum, de leurs couleurs,
En peu d'instans le charme cesse.

La rose naît : un même jour
La voit briller , la voit flétrie :
Né de vos bienfaits , mon amour
Ne finira qu'avec ma vie.

---

38.   Du jour qui vient d'éclore
Béni soit le retour !
Je veux à son aurore
Vous prouver mon amour ;
J'ai d'une main discrète
Assorti ces bouquets :
Qu'ils soient à votre fête
Le gage de la paix !.....

Banniras-tu , ma mère !
Le fils qui se repent ?
Si j'ai pu te déplaire ,
Quels regrets , quel tourment !
De mon destin ordonne :
Je saurai le remplir ;
Mais non , plutôt pardonne !
Tu vois mon repentir.

Ah ! tu verses des larmes !
Vers moi tu tends les bras !
O, momens pleins de charmes,
Ne m'abusez-vous pas ?
Sur ton sein tu me presses :
J'y renais au bonheur ;
Je sens à tes caresses
Que tu me rends ton cœur.

---

39. Pour fêter l'auteur de mes jours,
De ces jours par lui si prospères,
Je n'emprunte pas le secours
De voix ou de mains étrangères :
Mes vœux constans pour son bonheur,
Mes soins empressés à lui plaire,
Tout ce que j'éprouve en mon cœur,
Qui le dirait mieux à mon père ?

---

40. Près de vous, chers parens, vous voyez en ce jour
Vos enfans venir tour à tour
Vous renouveler l'assurance
De leur respect, de leur reconnaissance.

Auprès de vous les mêmes sentimens
Animent mes faibles accens.
Toujours avec la même bienveillance
Daignez protéger mon enfance ;
Croyez surtout aux vœux d'un jeune cœur
Qui met à vous aimer sa joie et son bonheur.

---

41. Dans une chanson naïve
Je risque, en dépit de tous,
L'expression simple et vive
De mes sentimens pour vous.
Et je ne crois pas mon thême
Si difficile en effet,
Car ces trois mots : « Je vous aime »
Vont fort bien dans un couplet.

Un couplet est peu de chose
Quand le sujet est si beau ;
Moi je veux, quoi qu'on en glose,
En ajouter un nouveau.
Pour la fête d'un bon père
La rime vient tout exprès ;
Fournissons donc la carrière....
Voilà toujours deux couplets.

3*

Deux couplets, selon l'usage,
Ce nombre n'est pas admis ;
On doit rimer davantage
Au milieu de vrais amis.
Rimer ! c'est le bien suprême ;
Et, pour trouver quelques traits,
Vous en conviendrez vous-même,
Il faut au moins trois couplets.

Mais j'en suis au quatrième,
Et, malgré ce bel essor,
De celui qu'ici l'on aime
A peine parlé-je encor.....
Ah ! pour chanter à la file
Ses vertus et ses bienfaits,
C'est par centaines, par mille
Qu'il faut rimer des couplets.

———

42.   Comment former notre bouquet,
Papa, pour votre fête,
D'un compliment qui sent l'apprêt
Vous romprons-nous la tête ?
Du cœur il vaut mieux en ce jour
Employer le langage.

Pour vous exprimer notre amour
Que faut il davantage ?

---

43.   Flore embellit d'autres climats :
Reçois donc avec bienveillance
Les simples fleurs que sous nos pas
Séma ta sage prévoyance (1).
Pour bien juger un tel bouquet
Il faut comme toi l'avoir fait.

---

44. Voici venir, de la nouvelle année,
Le premier jour si long-temps désiré :
J'ignore encor comment j'exprimerai
Ce que m'inspire une telle journée.

T'implorerai-je, ô Dieu de l'harmonie ?
Non ; l'amour seul doit me dicter mes chants.
Non ; des accords plus simples, plus touchans,
Vibrent du cœur à défaut de génie.

---

(1) Des exemples d'écriture, des dessins, des broderies et
autres ouvrages exécutés de la main des enfans, sous les yeux
de leur mère.

Dans mon tableau, je crayonne à ma guise
Les soins si doux de nos tendres parens ;
Puis, sous leurs yeux, je place leurs enfans :
Reconnaissance, amour! est ma devise.

Puis je réduis au plus simple langage
L'expression de nos timides vœux ;
C'est : « Que papa, que maman soient heureux !
» Que leur bonheur un jour soit notre ouvrage ! »

---

45. Au nouvel an s'étrenner est d'usage,
    Mais c'est toujours même langage :
    Des souhaits cent fois rebattus ;
    Bien peu de complimens sincères
    (Auxquels aussi l'on ne croit guères),
    Des embrassades tant et plus !
    L'âge où règne encor l'innocence
    Ignore ces honteux détours.
Feindre n'est pas le défaut de l'enfance :
La candeur donc préside à mes discours ;
    Seule à mon aide elle est venue
    Dans l'expression de mes vœux :

Souris à leur forme ingénue,
Ma mère, et je suis trop heureux.

---

46. En ce jour d'allégresse,
L'amour, plus que le devoir,
 A vous fêter nous presse ;
Vous plaire est tout notre espoir.
L'union la plus parfaite
Régne parmi vos enfans ;
Et c'est bien ici la fête,
La fête des bonnes gens!

---

47. Maman, c'est aujourd'hui ta fête,
C'est bien celle aussi de nos cœurs ;
A te fêter chacun s'apprête,
Pour toi chacun cueille des fleurs.
Moi, j'ai dédaigné myrthe, rose,
Lilas, jasmin, grenade, œillet,
Lis, fleur d'orange à peine éclose :
Cent baisers seront mon bouquet.

Je me retrace, dès l'aurore,
Et tes bienfaits et mon bonheur ;

Le soir leur souvenir encore
Fait doucement battre mon cœur.
De ma vive reconnaissance
Je croyais t'exprimer les vœux ;
Mais t'aimer est, en conscience,
Maman, ce que je sais le mieux.

---

48.   Fleur du bosquet,
    Empresse-toi d'éclore ;
Seconde mon petit projet :
    Pour la mère que j'adore
Je te réservais en secret.
A ton sort que je porte envie !
Celle dont je reçus la vie
    Va te placer sur son cœur !
Jouis, jouis d'une faveur
Que le ciel jaloux m'a ravie.

---

49. Quand nous étions petits enfans,
On nous apprenait, à l'école,
De longs et fades complimens,
Que nous répétions sur parole.

Mais on raisonne en grandissant ;
Avec l'esprit le cœur s'éclaire,
Et c'est à notre âge qu'on sent
Tout ce que l'on doit à sa mère.

Dans une fête, de grands mots
Rendent fort mal ce que l'on pense.
Nous n'allons donc point, en échos,
Prôner notre reconnaissance ;
Mais des simples fleurs que voici,
Faisant d'avance un choix sévère,
Nous en écartons le souci....
Comme du cœur de notre mère.

Quelle mère a plus de douceur,
De complaisance, de tendresse!
C'est d'assurer notre bonheur
Qu'on te voit t'occuper sans cesse.
Si de nos cœurs reconnaissans
Le ciel exauce la prière,
A leur tour, tes petits enfans
Feront le bonheur de ma mère.

5o.   Les plus précieux dons de Flore,
       L'orange, et la rose, et l'œillet,
       Des vœux du fils qui vous adore
       Seraient uu symbole imparfait.

       Ce n'est pas que je leur préfère,
       Malgré leur vif éclat, ces fleurs
       Qui de l'art, œuvre mensongère,
       Empruntent leurs vives couleurs.

       J'apporte une offrande plus pure,
       Étrangère à l'art imposteur :
       L'amour qu'à grands traits la nature
       Pour jamais grava dans mon cœur.

5i. Je me flattais de peindre en ce beau jour
    Et tes bienfaits et ma reconnaissance,
   De célébrer tes vertus, mon amour,
   Les soins par toi donnés à mon enfance ;
     De dire, sans art, sans détour,
   De quel bonheur m'enivre cette fête...
   J'ai, dès long-temps tout cela dans la tête ;
     Mais pour le mettre habilement

Dans ce qu'on nomme un compliment,
Maint obstacle imprévu m'arrête.
Pour l'exposer en prose seulement,
Ma bouche même est un faible interprète.
Si mon cœur savait s'exprimer,
Ma chance alors deviendrait sans seconde,
Car, vois-tu, s'il est chose au monde
Que je sache bien, c'est t'aimer.

52. Par de tendres embrassemens
Qu'il est doux de fêter sa mère!
De l'amitié de tes enfans
Reçois cette marque légère :
Ce bouquet de nos sentimens
N'offre qu'une image infidèle ;
Les fleurs ne durent qu'un printemps :
Notre tendresse est éternelle.

53. Bon jour, bon an! vers toi je viens
Porter mes vœux, mère adorée ;
Pardon, si je ne t'offre rien
Le premier jour de cette année!

4

Mais si ma main voulait, crois-moi,
Pour mieux prouver combien je t'aime,
Te faire un don digne de toi,
Il faudrait t'offrir à toi-même.

––––––––––

54.   Maman, pour former ton bouquet
J'ai borné mon choix à la rose ;
Cette fleur vive et fraîche éclose,
C'est toi, ma mère, et trait pour trait :
Elle est la reine du bocage ;
Je trouve en toi celle des cœurs.
La santé pare ton visage
De ses plus riantes couleurs ;
Son parfum, son odeur divine,
Ton souffle aime à les exhaler.....
Mais tu fais mieux que l'égaler :
Maman, tu n'as pas son épine.

––––––––––

55.   Papa, toute fleur s'effeuille
Ou se fane tôt ou tard ;
Celle pour toi que je cueille
M'offrait un mérite à part :

J'ai fait choix du chèvrefeuille,
Quand je l'ai vu s'enlacer
Comme j'aime à t'embrasser.

---

56. Si je t'aime !! ah ! quand de ta fête
Revient le moment enchanteur,
Je sens tourner ma pauvre tête,
Et coup sur coup battre mon cœur.
Le plaisir, l'espoir, l'effroi même,
Viennent m'agiter tour à tour.
Si ce n'est pas là comme on aime,
Qu'appelles-tu donc de l'amour ?

Tu me vois à tes lois docile,
Soumis à ton moindre désir :
Sous tes yeux un plaisir tranquille
Est pour moi le seul vrai plaisir ;
J'y trouve, dans l'étude même,
Un charme nouveau chaque jour :
Si ce n'est pas là comme on aime,
Qu'appelles-tu donc de l'amour ?

Dans tes vieux ans je veux, ma mère,
T'entourer des soins les plus doux,

Mais d'ici là si bien te plaire
Que mon sort fasse des jaloux ;
Qu'à l'aspect de ce bien suprême
Chacun répète dès ce jour :
« Si ce n'est pas là comme on aime,
» Qu'appelez-vous donc de l'amour ? »

---

57. Sans lui présenter une fleur,
    Ne peut-on fêter un bon père ?
De la rose trop vive altérant la fraîcheur,
Un souffle lui ravit sa grâce passagère.
    Chez nous l'amour marche avant tout.
    Dans nos yeux où tout son feu brille
Tu lis, papa, les vœux de ta famille,
Et ce bouquet doit être de ton goût.

---

58. Maman, toi dont la main chérie
    Guide encor mon pas chancelant ;
    De ma rose à peine fleurie
    Accepte l'hommage innocent :
    Je viens de la trouver éclose,
    Et j'ai dû la choisir pour toi ;

Car je vois maman dans la rose,
Et le petit bouton, c'est moi.

---

59.   Maman, reçois l'hommage
De nos vœux, de notre amour,
    Cet amour avec l'âge
Semble croître chaque jour.
Qu'avec plaisir on répète
De t'aimer le doux serment,
Le jour qu'on chôme ta fête,
La fête du sentiment !

    Tu sus par ta sagesse
Rendre nos cœurs vertueux ;
    Par toi notre jeunesse
N'a que des momens heureux.
Aussi rien ne nous arrête
Quand revient le doux moment
Où le cœur chôme la fête,
La fête du sentiment.

---

60. Si je savais tourner un compliment,
A mes essais je vous verrais sourire ;

4ᵉ

Mais, hélas ! je ne sais que dire :
J'aime papa, j'aime maman !
Puissé-je, à pareil jour, cent fois en dire autant,
Et, comme ici, me promettre à l'avance
Quelques baisers pour récompense !!
Voilà mon compliment de l'un à l'autre bout :
Pour l'esprit c'est bien peu; mais pour le cœur c'est tout.

61. Chère maman, reçois les vœux
Que je t'offre ici pour hommage :
Ce que mon cœur dit par mes yeux
Le tien l'interprète, je gage.
N y vois-tu pas du sentiment
L'expression naïve et pure ?
Si son langage est innocent
C'est qu'il le tient de la nature.

62. Le sentiment qui nous éclaire
Nous est garant que dans ce jour
Notre bouquet saura te plaire :
Il est le don de notre amour.

De la nature
Quand la voix pure
Nous ordonne de te chérir,
La douce tâche !
Ah ! sans relâche,
Nous promettons de la remplir.

Non moins ardens à te les rendre
Qu'empressés à les recevoir,
Sur tes baisers, mère trop tendre
Nous avons fondé notre espoir.
Par un sourire
Daigne nous dire
Que ton cœur approuve nos vœux.
Mais quoi ! ces larmes
Pleines de charmes
Nous le disent encor bien mieux.

Oh ! que ces larmes de tendresse
Ont pour nous de puissans attraits !
Puissent celles de la tristesse
De tes yeux ne couler jamais !
Et sur la terre,
O loi sévère !

Si ce tribut doit se payer,

    Qu'alors lui-même

    Papa, qui t'aime,

Vienne avec nous les essuyer!

————————

63.   Ici, je ne viens pas, mon père,

Vous assourdir d'un compliment;

Mon seul désir est de vous plaire,

Mon seul moyen le sentiment.

De mon cœur agréez l'hommage !

Objet de vos soins les plus doux,

Le peu qu'il vaut est votre ouvrage :

Qu'il soit un jour digne de vous!

————————

64.   Chez mon père, en plein juillet,

    Tout ainsi se passe :

Vers lui, muni d'un œillet,

    J'avance avec grâce ;

Je dis mon petit couplet.....

De cet hommage incomplet

La seule intention plaît ;
Et... papa m'embrasse !

---

65. Autour de vous quand votre fête
Nous rassemble tous en ce jour,
Moi, faible enfant, je marche en tête,
Petit de taille et grand d'amour.
Une rose est tout mon hommage ;
Mais du moins il n'est pas trompeur,
Et vous préférerez, je gage,
Aux plus beaux bouquets une simple fleur.

Selon l'usage, ma tendresse
Voudrait joindre aux fleurs un cadeau ;
Mais étranger à la richesse
Je ne puis le faire assez beau.
Je n'ai qu'un seul bien en partage :
Vous l'offrir serait mon bonheur,
Et vous préférerez, je gage,
Aux plus beaux présens le don de mon cœur.

On dit qu'il est d'usage encore,
Pour solenniser ce moment,

De débiter d'un ton sonore
Un emphatique compliment :
Je ne blâme point l'étalage
Dont souvent se pare un flatteur ;
Mais vous préférerez , je gage,
Aux plus beaux discours l'humble essai du cœur.

---

66. De mon respect , de mon amour ,
Que cette fleur te soit le gage !
Si ton cœur l'accepte en ce jour,
Le mien n'en veut pas davantage.

---

67. Ah ! qu'un tel jour à ma tendresse
Promet d'instans délicieux !
Puissé-je auprès de toi sans cesse
Le voir renaître radieux !
Ne crois pas qu'un servile usage
Préside au don de cette fleur,
Et pour accueillir mon hommage,
D'après le tien juge mon cœur.

De toi je reçus l'existence :
Mais chaque jour tu fais bien plus ,

En formant ma timide enfance
Par l'exemple de tes vertus.
Mère tendre, épouse accomplie,
Des tiens quand tu fais le bonheur,
Tu dois bien tenir à la vie,
Si j'en juge d'après ton cœur.

———

68.   Pour parer ton sein, tendre mère,
Ma main a cueilli ce bouquet,
C'est peu qu'une fleur printanière;
Mais mon cœur se joint à l'œillet.

———

69.   Tu nous donnes de ta tendresse
Chaque jour des gages touchans ;
Que t'offrira notre jeunesse
Pour t'exprimer ses vœux ardens ?
Tout l'émail d'un riche parterre
N'y suffirait pas aujourd'hui.....
Mais les enfans d'un si bon père
Ne sont-ils pas des fleurs pour lui ?

———

70. Fleurs, dont l'éclat, hélas! ne dure guère,
Allez, sur le sein de ma mère,
Allez vous grouper en ce jour!
Exprimez-lui mon respect, mon amour;
Dites combien je la révère,
Et demandez pour moi quelque retour.

---

71.   Bonne mère, au jour de ta fête,
Selon l'usage des rimeurs,
A Flore, pour ceindre ta tête,
Je n'irai pas ravir ses fleurs;

Ou bien, te comparant aux Grâces,
Dans un madrigal ennuyeux,
En foule enchaîner sur tes traces
Les Ris, les Plaisirs et les Jeux;

Ou sottement à ta patronne
Avec emphase t'égaler.....
Maman ne ressemble à personne:
Heureux qui peut lui ressembler!

---

72. Quand je sais si bien vous aimer,
Mon cher papa, ma bonne mère,
Ah ! pourquoi ne puis-je exprimer
Les sentimens dont je suis fière ?
Je m'approche résolument,
Puis soudain je reste muette.....
Que de mes vœux en ce moment
Votre cœur soit donc l'interprète !

73. L'an passé, trop enfant pour parler de moi-même,
On me stylait à vous offrir mon cœur,
En vous disant : Maman, que je vous aime !!
Mais aujourd'hui, comprenant mon bonheur,
Près de me croire un personnage,
Je me flattais d'enrichir mon hommage
D'un compliment nouveau, de quelque don flatteur.
Eh bien ! après un soin extrême,
Je n'ai trouvé rien de meilleur
A vous offrir, encor cette fois, que mon cœur ;
Et cette fois encor, mon thême
Sera : Maman que je vous aime !!!

74. Allez, partez, volez, mes vœux,
Et percez la voûte des cieux !
Obtenez d'un dieu tutélaire
Mille dons pour un tendre père ;
Qu'il soit toujours content, heureux...!
Et nous le serons tous les deux.

75, Maman, de nos faibles essais
Daigne accueillir ici l'hommage ;
Ils sont encor bien imparfaits ;
Mais tu sais excuser notre âge.
Pour faire mieux, avec le temps,
Nous emploîrons soins et courage,
Et, quand nous aurons des talens,
Tu jouiras de ton ouvrage.

Le cultivateur au printemps
Tourne et retourne son domaine :
Long-temps à nos yeux, trop long-temps,
Rien ne paraît payer sa peine ;
Aux siens, la fleur dans le bouton,
Dans la fleur le fruit sont d'avance,
Et loin encor de la moisson,
Il en jouit par l'espérance.

76. Comme à l'envi chacun s'apprête
A solenniser en ce jour,
Et ses transports et votre fête,
Et vos vertus et son amour !
Mais, dans ce concert unanime,
Fruit de notre commun bonheur,
A la tendresse qui l'anime
Maman reconnaîtra mon cœur.

Ce matin, devançant l'aurore,
J'errais en de rians bosquets ;
A chaque pas je voyais Flore
M'offrir de séduisans bouquets :
Sont-ce là des fleurs dignes d'Elle ?
Me dis-je un moment incertain...
Non, cent fois ! la seule immortelle
Peut dignement parer son sein.

———

77. Ah ! combien ont pour moi d'attraits
Ce beau jour, ce moment prospère,
Où tour à tour, de maman, de mon père,
Je puis chanter les vertus, les bienfaits !

Lorsque l'amitié conjugale
Sur vous conserve tous ses droits,
Vous ne sauriez être sourds à la voix
De la piété filiale.

---

78.   J'avais *imperturbablement*
Appris, cher père, un compliment,
Pour t'en régaler à ta fête :
C'était comme un débordement
De mots à te rompre la tête ;
On y parlait de *profond sentiment*,
De *regrets trop amers*, d'*affection muette* ....
Entrant ici, de cette œuvre parfaite
   Pas un vers ne m'est revenu.
C'est comme un sort ! j'en ai bien retenu :
J'aime papa ! mais pour dire : Je t'aime !
Qu'ai-je besoin qu'on me fasse mon thême ?
   Je t'aime ! il suffit de mon cœur !
   Ce mot pour moi plein de douceur
   Sur mes lèvres vient de lui-même.
Je dirais mille fois : Je t'aime, t'aime, t'aime !
   Et pour changer, toujours : je t'aime !...

---

79. Salut à la plus tendre mère !
Sa fête est la fête de tous.
Lui rendre un hommage sincère ;
Sur les siens régler tous nos goûts ;
Voilà bien notre unique affaire !
Voilà notre soin le plus doux !

---

80. Quand, animé par la reconnaissance,
Chacun à vous fêter s'empresse et s'enhardit,
Souffrez, papa, que mon zèle devance
D'un faible enfant la raison et l'esprit.
Mon cœur est mon bouquet : que peut de plus l'enfance ?
Ce présent, quand on aime, en tout temps réussit.

---

81. De son amour quand chacun t'offre un gage,
Que n'ai-je aussi quelque petit présent !
Que n'ai-je au moins quelque petit talent,
Pour rajeunir, cher papa, mon hommage !
Au monde, ah ! je n'ai rien qu'un cœur,
Plein d'amitié vive,
Sincère, naïve ;

5'

Mais quoi! des dons le plus flatteur,
Papa, n'est-ce pas un bon cœur?

J'en conviendrai, sur une récompense,
En te fêtant j'ai bien un peu compté :
Avais-je tort? non ; car, en vérité,
J'ai cru déjà l'obtenir par avance :
    Ta fille en appelle à ton cœur,
      Cœur plein de tendresse
      (Par fois de faiblesse) !
Pour moi des dons le plus flatteur,
Papa, c'est celui de ton cœur.

---

82.   Reçois, maman, ces immortelles
    Dont je fais un si doux emploi ;
    L'amour qui les cueillit pour toi,
    Promet de durer autant qu'elles.

---

83.   Même au risque de te déplaire,
    Je veux, dussé-je être indiscret,
    Au moral tracer ton portrait :
    Bien penser, bien dire et bien faire,
    C'est ce qu'ensemble on ne voit guère ;

Mais c'est mon père,
Trait pour trait.

---

84.   Sans art, sans imposture,
Mais aussi sans talent,
De la simple nature
Nous empruntons l'accent.
Dans ce moment prospère,
Pour fêter tes vertus,
Tes enfans, ô mon père !
Ne veulent rien de plus.

---

85.   Reçois ma rose fraîche et vive,
O ma mère! et que sa blancheur
Soit pour toi l'image naïve
Des vœux les plus doux de mon cœur !
Ne dédaigne pas cet hommage,
Quoique ta fille, en ce beau jour,
Ait fait choix d'un bien faible gage
Pour peindre et payer tant d'amour.

---

86.   Sans art, sans phrases surannées,
Voici l'expression de mes vœux pour maman :
Puissent venir pour elle, après ce nouvel an,
        Cent belles, cent bonnes années !

———————

87.   C'est aujourd'hui l'anniversaire
       Du jour heureux où tu naquis,
       Ce jour, ô bonne et tendre mère,
       Sera toujours cher à ton fils.
       Juge avec quelle impatience
       J'en devais guetter le retour,
       Pour peindre ma reconnaissance,
       Et mes respects et mon amour
       Au ferme appui que mon enfance
       En toi retrouve chaque jour.
       Des soins que te doit ma tendresse
       Découlent mes plus doux plaisirs,
       Et je veux m'attacher sans cesse
       A combler tes moindres désirs.

———————

88.   Enfin, ma crainte est dissipée !
       L'art a triomphé du trépas.

Ma mère, à la mort échappée
Me presse encore dans ses bras !
Après tant de justes alarmes,
Tant de jours passés dans les larmes,
Le Ciel a pris pitié de nous :
Il punissait dans sa colère ;
Mais, quand il nous rend une mère,
Il laisse fléchir son courroux.
A nos cœurs, ces dangers te rendraient-ils plus chère ?
Ils semblent ranimer encor nos sentimens.
T'adorer, te servir, ne chercher qu'à te plaire,
Sont de nouveaux devoirs pour tes heureux enfans.

———————

89.   Votre heureuse convalescence
       A mis un terme à nos tourmens ;
       Ce bienfait de la Providence
       Fait le bonheur de vos enfans.

———————

90.   Grâce au ciel ! nos pleurs vont cesser :
       Le sort n'est plus inexorable ;
       A nos vœux qu'il daigne exaucer
       Il se montre enfin favorable.

C'en était fait, ô mortels déplaisirs !
L'art qui guérit, après mainte souffrance,
    Ne laissait plus à nos désirs
    Le moindre rayon d'espérance :
Tu périssais ! un homme généreux
Voit ton état, en présage la cure,
    Et sur ton danger nous rassure
En promettant de te rendre à nos vœux.
    Oh ! que notre âme est satisfaite
De n'avoir plus à craindre pour tes jours !
    Papa, cette santé parfaite,
    Il la faut conserver toujours :
    Vis pour prolonger ta vieillesse
    Au sein de nos embrassemens ;
    Vis pour être adoré sans cesse
    De fils tendres et caressans !

---

91.   De mes bras tu vas t'arracher,
    O ma tendre amie, ô ma mère !
    En vain je voudrais te cacher
    Les pleurs qui mouillent ma paupière.
    Laisse-les couler sur ton sein :
    L'amertume en est adoucie,

Quand d'une mère c'est la main
Qui les recueille et les essuie.

Tu vas te rendre , en me quittant,
Auprès de l'époux qui t'adore.
Ah ! laisse-moi, ne fût-ce qu'un instant ,
Sur mon cœur te presser encore !
Jours fortunés , momens si doux ,
Que trop tôt j'ai vu disparaître ,
Dussé-je expirer avec vous ,
Hâtez-vous pour moi de renaître !

C'en est fait , tu pars, et je vois
Avec toi fuir toute espérance !
Aux accens de ma faible voix
Va répondre un morne silence.
D'autres bras pour toi vont s'ouvrir.
Ah ! dans ces momens pleins de charmes ,
Consacre au moins un souvenir
A qui te donne ici des larmes.

En ces lieux si long-temps sacrés,
Où tant de bien fut mon partage ,
Par un vain désir égarés ,
Mes yeux chercheront ton image ;

Mais , dans l'excès de ma douleur,
Un mouvement involontaire
Portera ma main sur mon cœur,
Et j'y retrouverai ma mère !

---

92.   Au jour de l'an,
Si des fils le plus tendre
Vient embrasser son papa, sa maman,
Ah ! sur son but gardez de vous méprendre :
Pour vous chérir il était loin d'attendre
       Le jour de l'an.

       Au jour de l'an,
Trop vive est mon ivresse
Pour que j'adopte une méthode, un plan ;
A vous fêter cependant je m'empresse,
Et je voudrais voir renaître sans cesse
       Le jour de l'an.

       Au jour de l'an,
Tout ce que je désire,
C'est l'amitié de papa, de maman ;
Oui, votre cœur, ici je puis le dire,

Est le seul bien auquel le mien aspire,
        Au jour de l'an.

———

93.   Aujourd'hui la reconnaissance
        M'enseigne à chanter tes bienfaits ;
        Sur mon cœur telle est sa puissance,
        Qu'il ne les oublîra jamais.
        Toi, d'un dieu la vivante image,
        De la tendresse de ton fils
        Accueille l'imparfait hommage,
        Et tous ses vœux sont accomplis.

———

94.   Pour suivre en tout le vieil usage,
        Que ne puis-je, en ce doux moment,
        Te présenter un digne hommage
        Avec quelque petit présent !
        Mais je n'ai pour toute richesse
Qu'un cœur sensible, onze ans, mes vœux et ma tendresse.

———

95.   Qu'une pensée
        Me serve ici de *truchcman !*

                                    6

À t'aimer, te plaire empressée,
Soir et matin, je n'ai, maman,
Qu'une pensée.

---

96.   Que de ma tendresse, en ce jour,
Ce bouquet, maman, soit le gage!
On pourrait offrir davantage;
Mais où trouver autant d'amour?

---

97. Que j'aime à voir renaître ce beau jour,
Où je puis, de mon cœur, vous offrir sans détour
Le zèle, la tendresse et le respect sincère !
J'ai besoin, il est vrai, d'un voix étrangère
Pour exprimer ce que mon cœur me dit.
Pour le sentir! ah! lui seul me suffit!

---

98.   De ces fleurs agréez l'hommage,
De mon amour faibles tributs ;
Mais encor bien plus faible image,
Du doux parfum de vos vertus.

---

99. En étrennes, dans ce beau jour,
De mon cœur recevez l'hommage,
Ce cœur, pour vous brûlant d'amour,
C'est le seul trésor de mon âge;
Que le ciel, au gré de mes vœux,
Vous donne une longue vieillesse;
Puis à votre enfant trop heureux
Le don de l'embellir sans cesse!

_____

100. Pour peindre ma reconnaissance
Tout me manque, hélas! à la fois,
Privé que je suis, par l'absence,
De m'exprimer de vive voix.
Vous que je respecte, que j'aime,
Agréez le don de mon cœur!
Il ne manquait à mon bonheur
Que d'aller vous l'offrir moi-même.

_____

101. Lorsque j'en dépouillai le domaine de Flore,
Ces deux fleurs ce matin ne faisaient que d'éclore.
Des sentimens qui pénètrent mon cœur
Que toutes deux te soient le gage!

L'une (1) de leur durée est la fidèle image ;
  L'éclat de l'autre (2) en peint la vive ardeur.

———

102.   Vous à qui je dois l'existence ;
    Qui de soins comblez mon enfance ;
  Qui, façonnant mon esprit et mon cœur,
Saurez par la vertu me conduire au bonheur,
    A vos bienfaits je voudrais rendre hommage ;
      Ah ! pour peindre mes sentimens,
      Faut-il que ce cœur, votre ouvrage,
N'ait que de vains désirs et des vœux en partage !
Mais je suis bien trompé par mes pressentimens,
    Si devant vous l'avenir ne déploie
Un long tissu de jours filés d'or et de soie.

———

103.   Du nouvel an voici le jour !
    Un antique et bien cher usage,
    Jusqu'à nous transmis d'âge en âge,
    Le consacre aux élans d'amour.

———

(1) L'immortelle.
(2) La rose.

Abjurant sa vieille colère,
L'homme de l'homme devient frère ;
On offre, on reçoit tour à tour
Petits présens d'une main chère ;
On se pardonne... Heureux moment !
Écoute, ô Dieu que je révère,
Les vœux d'un fils reconnaissant !
Que le cours de l'année entière
Sur le noble front de mon père
Passe comme un jour de printemps !

———————

104. Trésors nés des pleurs de l'Aurore,
Vous n'êtes plus dans nos jardins.
Enfans de Zéphire et de Flore,
Borée a fini vos destins.
L'aquilon fane la verdure ;
L'hiver sévit avec rigueur ;
Tout est flétri ; tout ! la nature
Ne parle plus que dans mon cœur.

Le don d'une fleur passagère
Ajoute-t-il au sentiment ?

Qu'un enfant l'apporte à sa mère,
Elle n'en jouit qu'un moment ;
La rose qu'un soleil fait naître
Ne voit pas deux jours de printemps :
Eh bien ! mon cœur ne saurait être
Sujet aux caprices du temps.

Recevez-le donc pour hommage,
Ce cœur, mon unique trésor !
Il est à vous, c'est votre ouvrage ;
Vos soins l'enrichiront encor :
Votre exemple, ô ma tendre mère !
Aux vertus saura le former :
Rendez-le digne de vous plaire,
Comme il sait déjà vous aimer.

———————

105. Il est dans nos jardins beaucoup de fleurs écloses,
Et dont le choix flatte les yeux :
Mon père, il fut un temps où je t'offrais des roses ;
L'amitié les cueillait, j'en ornais tes cheveux ;
Mais il n'est plus ce temps heureux !
Ce bouquet te peindra, j'espère,
Et mes regrets et mes ennuis ;

Un tendre fils, loin de son père,
N'a plus, hélas ! que des soucis.

---

106. La mort allait, dans sa colère,
Frapper l'objet de nos amours ;
Mais, sensible à notre prière,
Le ciel a conservé ses jours.

D'une mère tendre et chérie
Tu devais prolonger les ans ;
O mon Dieu, protége sa vie
Pour le bonheur de ses enfans !

---

107. Lorsqu'après deux mois tu reviens
Nous consoler par ta présence,
Quand nos yeux rencontrent les tiens,
Pour nous le bonheur recommence.
Tes enfans pressés sur ton cœur
N'ont plus rien à craindre sur terre ;
On peut défier le malheur
Sous la protection d'un père.

Vois maman! Comme auprès de toi
Son âme semble satisfaite!
Le calme succède à l'effroi;
Mais le plaisir la rend muette.
Ah! renonce à l'appât trompeur
Qui t'entraîna dans ce voyage!
Un peu d'or vaut-il le bonheur
Qu'on goûte au sein de son ménage?

Hélas! c'est pour leur préparer
Une existence moins précaire
Que tu voulus te séparer
De tes enfans et de leur mère.
Sensible un jour à nos accens,
Du ciel l'auguste bienfaisance,
Au sein de tes heureux enfans
T'accordera ta récompense.

———

108. L'instant propice arrive enfin,
Pour vous fêter, mère chérie!
Ah! laissez-moi sur votre sein
Poser cette branche fleurie;

Ses vives couleurs
Le cèdent aux fleurs
Dont vous embellissez ma vie.

Que le ciel prolonge les jours
Dont il fera votre partage !
Puissé-je en embellir le cours
Par mon respectueux hommage !
Mon cœur, à jamais,
Fier d'un tel succès,
N'en demande pas davantage.

§. 2. *A des Grand-Père et Grand'-Mère.*

109. Le voilà donc ce jour heureux,
Ce grand jour marqué pour ta fête !
Je suis au comble de mes vœux ;
A le chanter ma muse est prête.
Pour grand papa quand on le fait,
Çà marche tout seul, un couplet.

Que les plaisirs les plus touchans
Embellissent toujours ta vie !
Que ta fête, objet de mes chants,
De milliers d'autres soit suivie !
Ainsi se verront accomplis
Tous les vœux de ton petit-fils.

---

110. Bonne maman, qu'à votre fête
Cette fleur soit mon interprète !
D'un sentiment qui n'a rien d'emprunté
Son coloris peint la vivacité.
Vous trouveriez entre eux ressemblance parfaite
Si la rose gardait son éclat, sa fraîcheur,
Le temps qu'il vivra dans mon cœur.

---

111. Combien, grand papa, je suis fière
De vous présenter en ce jour
L'hommage franc et volontaire
De mes respects, de mon amour !
Mon cœur, d'accord avec l'usage,

Pour vous fit choix de cette fleur ;
Tout sait, dit-on, prendre un langage
Pour exprimer les vœux du cœur.

---

112. Pour vos enfans, grands et petits,
  La belle fête que la vôtre !
Quand elle arrive, on se croirait tout autre.
Je me sens, moi, prêt d'en perdre l'esprit ;
  Grand'-maman, vous m'êtes si chère !..
  Dans mes bras laissez-vous presser !..
Est-il plaisir plus doux que d'embrasser
  Celle à qui l'on doit un bon père !

---

113. On n'est plus enfant quand on aime,
  Quand on peut peindre à ses parens
  De son amour l'ardeur extrême,
  Ses vœux, ses moindres sentimens.
  La reconnaissance m'inspire ;
  Il m'est si doux de l'exprimer !
  Bon papa, j'aime à le redire :
  Je ne vis que pour vous aimer.

---

114. Toi qui deux fois m'as donné l'être,
De ma main accepte ces fleurs !
Bien gauchement j'en ai peut-être
Assorti les vives couleurs ,
Laisse-moi de cette couronne
Parer ton front blanchi des ans :
Grand'-mère ! ici, de tes enfans,
C'est l'amitié qui te la donne.

———————

115. Selon mes vœux, si mon amour
Disposait du cours des années,
Ah ! vous les verriez tour à tour
Se succéder plus fortunées ;
Mais ce sont là vœux superflus :
Que peut, hélas ! ma faible enfance ?
Imiter de loin vos vertus
Pour embellir votre existence.

Grand'-maman, vieillit-on jamais,
Lorsqu'en tous lieux on est chérie,
Lorsque par de nombreux bienfaits
On compte les jours de sa vie ?
Vous savez si bien plaire à tous
Par votre âme sensible et bonne ,

Que le printemps serait jaloux
Des jours sereins de votre automne.

---

116. Les grands-papas, les grand's-mamans,
Par excès de tendresse,
De gâter leurs petits enfans
Ont l'heureuse faiblesse.
Gâté que je suis,
C'est mon droit ! je puis
Me montrer volontaire,
JE VEUX, tout d'abord,
De plus en plus fort,
Vous aimer et vous plaire!!!

---

117. Hélas! que ne suis-je plus grand,
Bon papa, surtout plus savant,
Pour vous rendre un plus digne hommage!
Car si j'essayais à mon âge
D'esquisser toutes vos vertus,
Je m'épuiserais, je le gage,
Dans des efforts bien superflus.
Mais de cet embarras extrême
En peu de mots je sortirai;

7

Sans faire le fin, je dirai :
« Grand papa, combien je vous aime! »

---

118. Sans art comme sans défiance,
Chanter la nature et l'amour,
C'est le lot heureux de l'enfance,
C'est donc le mien en ce beau jour.
Déjà mon jeune cœur s'apprête,
Au doux nom de bonne maman,
Pour chômer de mon mieux sa fête,
A s'offrir lui-même en présent.

Zèle, respect, reconnaissance,
Voilà, bonne maman, mes fleurs.
Celles-là du temps qui s'avance
Ne redoutent point les rigueurs.
Si, par cet hommage sincère,
J'ai su vous prouver mon amour,
Je puis, n'est-il pas vrai, grand'-mère,
Compter sur le vôtre à mon tour ?

---

119. Au printemps de votre jeunesse
Vous étiez rose enchanteresse.
L'été vint et vous fit œillet ;

L'automne enfin , nouveau bouquet
Sous la forme de marguerite
Vous présente , et votre mérite
Est de survivre aux autres fleurs
Et de régner (1) sur tous les cœurs.

———

130.   En ce jour qu'ici chacun fête ,
Quand vous n'aviez que dix-huit ans,
Bonne maman, sur votre tête
On plaçait les fleurs du printemps.
Nous laissons Flore à la jeunesse
Payer ses frivoles tributs.
L'auréole de la sagesse
Brille seule au front des vertus.

———

121.   Deux fois vous êtes notre mère :
Par ces droits doublement acquis ,
Chaque jour vous êtes plus chère
A vos sensibles petits-fils.

———

(1) La reine-marguerite.

Tous deux d'une double couronne
Viennent parer vos blancs cheveux,
Sûrs que de l'amour qui les donne
L'amour accueillera les vœux.

§ 3. *A des Oncles, Tantes, Parains, Marraines, etc.*

122.   Ah ! le beau jour pour mon cœur !
En ces lieux tout m'enchante :
C'est un plaisir bien flatteur
Pour moi de chanter en chœur
Ma tante !

Elle m'aime tendrement,
Et partout je m'en vante ;
Partout je dis hautement :
J'ai pour seconde maman
Ma tante

Du ciel benins habitans
Modérez votre attente ;
Ici-bas nos vœux ardens

Sont pour conserver long-temps
Ma tante.

---

123. L'hommage qui sent la fadeur
Est à vos yeux un triste hommage,
Et tout esprit complimenteur
Devant vous perd son étalage.
Pour aller droit à votre cœur,
Mon oncle, il n'est qu'un seul langage;
Auprès de vous avec ardeur
C'est lui que je mets en usage.

A tenir ce que je promets,
Voulant ici montrer mon zèle,
Pour votre fête à mes couplets
Je joins une simple immortelle.
La rose, il est vrai, brille plus;
Mais quoi, fidèle à mon système,
J'ai cru devoir de vos vertus
Choisir le plus parfait emblème.

7

124. On dit que mérite et fortune
Vont rarement d'un même pas ;
Qu'où se fait voir l'éclat de l'une
L'autre ne se rencontre pas.
Mais aujourd'hui, j'en suis certaine,
Ce vieux dicton n'est qu'un abus :
On trouve unis chez vous, marraine,
Et la fortune et les vertus.

Esprit, bonté, grâces, richesses,
En vous lorsque tout est d'accord ;
Autour de vous quand tout s'empresse
D'embellir encor votre sort ;
Au jour d'une fête si chère,
Quels vœux, hélas, puis-je former ?...
Celui seul de savoir vous plaire
Autant que je sais vous aimer.

———

125. Il luit enfin ce jour heureux,
Où, n'écoutant que ma tendresse ;
Je puis vous exprimer les vœux
Qu'au ciel pour vous mon cœur adresse.

Gai caractére , excellent cœur,
De ma tanté sont l'apanage :
Qu'en récompense le bonheur
   Soit à jamais son partage !

---

126. Que je goûte d'heureux momens ,
Quand , pour célébrer votre fête ,
Des plus sincères sentimens
Ma bouche devient l'interprète ;
Pourtant l'état où je vous vois
Alarmant ma vive tendresse,
J'éprouve ici tout à la fois
Du plaisir et de la tristesse.

Aux vœux que pour vous je formais ,
Il me reste à joindre , ô ma tante ,
Celui de vous voir désormais
Jouir d'une santé brillante.
Vivez, pour nous voir tour à tour
L'objet de votre bienfaisance ;
Vivez, pour jouir chaque jour
De toute ma reconnaissance !

---

127. Jour de l'an, jour trop heureux,
        Qui vers ma marraine
  Toujours plus respectueux
        Ici nous ramène!
  Pourquoi le destin jaloux
  Rend-il si rares pour nous
  Ces momens si courts, si doux,
        Qu'il fait naître à peine ?

---

128. Qu'en ce beau jour j'ai de plaisir,
  Marraine, à t'offrir cette rose !
  Du premier souffle du zéphir
  A peine est-elle encore éclose
  Qu'un souffle, hélas ! va la flétrir.
  Si tes soins d'une tendre mère,
  Ont pris tous les droits sur mon cœur,
  Toujours à t'aimer, à te plaire,
  Moi, je mettrai tout mon bonheur.

---

§ 4. *A un Frère ou à une Sœur.*

129. Toi qui pour nous fus toujours une mère,
Entends la voix de ton plus jeune frère :
Lorsque la mort enleva nos parens,
Séchant nos pleurs, tu sus, dans tous les temps,
Nous prodiguer tendres soins, bienveillance.
Tant de bontés, dès la plus tendre enfance,
Nous ont appris à te chérir :
Nous te devions et nous venons t'offrir
L'hommage pur de la reconnaissance.

130. Ce n'est pas en vain qu'une mère
Du même lait nous a nourris,
Comme un frère tu me chéris,
Moi je t'aime à l'égal d'un père.

Fier de te devoir le bonheur,
Je sens qu'en bonne conscience
L'amour et la reconnaissance
Pour toi se partagent mon cœur.

Crois, en recevant cet hommage,
A toute sa sincérité ;
C'est mon cœur qui me l'a dicté !...
Ce cœur lui-même est ton ouvrage.

———————

131. Devoir, respect, dévoûment, don d'usage,
　　Amour constant, vive amitié,
Transports joyeux, éclatant témoignage !
Ces mots ronflans sont le fond du langage
　　Partout en ce jour employé ;
Le cœur toujours se met-il de moitié
　　Dans ces grands éclats de tendresse ?
Il est permis d'en douter : et pourtant,
Quand c'est à vous, ma sœur, qu'on les adresse,
L'expression encore est loin du sentiment.

———————

132. L'amitié d'une sœur et les soins d'une mère
　　En toi se trouvent réunis ;
Je veux avoir pour toi la tendresse d'un frère
　　Et le respect d'un fils.

———————

133.   Peu de talent, beaucoup d'amour,
      Frère, voilà tout mon partage.
Pour célébrer dignement ce beau jour,
      Je voudrais avoir davantage.
      Mais quel don pourrait compenser
   Tes soins actifs, ta sage prévoyance?
   Je n'en vois point, et ma reconnaissance
      Ne t'offre rien, rien qu'un baiser.

---

134. Pour peindre tes bienfaits, ô mon aimable sœur !
Nous sommes trop certains de notre insuffisance :
Notre unique talent, c'est la reconnaissance ;
Reçois-en le tribut, seul digne de ton cœur.

---

§ 5. *A un Bienfaiteur ou une Bienfaitrice.*

135. En vain la voix de la reconnaissance
    Veut élever ses timides accens ;
    Vers vous, hélas! mon cœur en vain s'élance :
    Tous ses efforts demeurent impuissans.

    Telle en nos prés, une fleur printanière
    Semble vouloir s'élever jusqu'aux cieux,
    Pour rendre hommage à la main tutélaire
    Qui la fit naître et la sut conserver.

    Avec bonté l'auteur de la nature
    Jette sur elle un regard gracieux,
    Et l'humble fleur que ce regard rassure
    Devant lui courbe un front respectueux.

    Je sens l'effet de la main bienfaisante
    Qui me soutient, que je sais tant aimer ;
    Mais quoi! semblable à la timide plante,
    Je sens beaucoup et ne puis l'exprimer,

136.   La chaleur douce et bienfaisante
      De l'astre divin qui nous luit
Féconde la tulipe et la rend florissante :
      La tulipe reconnaissante
S'ouvre quand il paraît, se ferme quand il fuit.
      Le ruisseau dont l'onde pure
      Dans nos prés roule et murmure,
      Baigne le pied d'un jeune ormeau.
      L'arbuste étend son verd feuillage
      Sur les bords charmans du ruisseau.
Reconnaissans du bien que reçut leur enfance,
La tulipe et l'ormeau sont plus heureux que moi ;
      Moi ! réduit à des vœux pour toi !!
      Mais, si j'en crois mon espérance,
      Tu reverras des jours heureux :
      Les amis de la bienfaisance
      Sont toujours protégés des cieux.

---

137.   Guidé par la reconnaissance,
      Je viens fêter ce jour heureux,
      Anniversaire glorieux
      De celui de votre naissance.

8

Entre nous quel accord flatteur,
Quel doux échange de tendresse !
Si vous vivez pour mon bonheur,
Je vis pour vous aimer sans cesse.

------

138. En partageant avec vos fils
Vos soins touchans , votre tendresse ,
Mon cœur respectueux , soumis,
Partage aussi leur douce ivresse.
Vous m'aimez comme vos enfans ;
Fier comme eux d'un sort si prospère ,
J'ai pour vous tous les sentimens
Qu'un fils bien né doit à son père.

------

39. Pour célébrer plus dignement ta fête ,
Il me faudrait quelque esprit, des talens :
Je n'en ai guère, et de mes sentimens
Ma bouche, hélas ! est un faible interprète

Sur d'autres points si j'ai peu d'éloquence,
Si je m'exprime avec difficulté,
Reçois du moins l'hommage mérité
De mon amour , de ma reconnaissance !

Malgré le fard qui masque l'imposture,
On la connaît à ses airs affectés ;
Mais les accens par un bon cœur dictés
Portent toujours le sceau de la nature.

————————

140. Ah ! daignez dans cette journée,
De mon cœur agréer les vœux !
Au commencement de l'année,
En vous fêtant je suis heureux ;
Que de souhaits j'aurais à faire
Pour vous payer tant de bienfaits !..
Ces vers ne sauraient vous déplaire :
Ils ont le sentiment pour père,
Car c'est le cœur qui les a faits.

————————

141. Heureux cent fois dans notre ami
De retrouver un second père,
Bénissons le mortel chéri
Qu'à l'envi notre cœur révère !
Au sien notre sort est lié
Des doux nœuds de la bienfaisance,

Et nous couronnons l'amitié
Des fleurs de la reconnaissance.

———

142. Par vos tendres bontés dès l'enfance accueillie,
Pour ces essais encor j'ose les implorer ;
Mon bonheur le plus grand fut de les inspirer,
De m'entendre appeler votre petite amie !
Que ne puis-je tracer dans toute leur candeur
Mon respect, mon amour et ma reconnaissance ;
Ces sentimens profonds que votre bienfaisance
D'un trait ineffaçable a gravés dans mon cœur !!

———

143   O vous dont la bienveillance
        S'attache avec tant d'ardeur
        A diriger mon enfance,
        A m'assurer le bonheur,
        Ah ! de ma reconnaissance
        Vous exprimer la ferveur,
        C'est le besoin de mon cœur.

        Dans ce jour où chacun chante
        Vos bienfaits et vos vertus,
        Les sons d'une voix tremblante

Vont à peine être entendus :
Mais d'une scène touchante,
Quand tous les cœurs sont émus,
Les discours sont superflus.

---

144. Quand pour moi commença la vie,
Mon sort inspirait la pitié,
Votre bienveillante amitié
Sut le rendre digne d'envie.
Ce miracle, vous l'avez fait
En protégeant ma faible enfance,
J'aurais voulu pour ce bienfait
Vous peindre ma reconnaissance ;
Mais je sens mon insuffisance :
Mon cœur était l'unique bien
Que m'eût accordé la nature ;
Dès ce moment il n'est plus mien.
Agréez cette offrande pure.....
Ah ! ce doux accueil me rassure,
Mon hommage vous attendrit ;
Car votre bouche me sourit.
Donnez-moi cette main si chère
Qui me caresse et me défend :

8°

Vous m'allez nommer votre enfant!
Aurais-je mieux choisi ma mère ?

---

145.   O vous , pour qui la bienfaisance
       Est un plaisir de chaque jour ,
       Souffrez que la reconnaissance
       Par ma voix s'exprime à son tour.
       Je puis par quelque gaucherie
       En affaiblir le sentiment ;
       Mais tout au moins la flatterie
       N'est pour rien dans mon compliment.

       Je conçois fort bien qu'on redoute
       Un hommage un peu trop direct ;
       Mais vous accueillerez sans doute
       Celui de l'amour , du respect.
       On ne peut trop faire connaître
       Les amis de l'humanité.
       Les doux sentimens qu'ils font naître
       Consolent la société.

---

146. A ces vœux formulés avec tant de chaleur,
Madame , permettez qu'une enfant en ajoute

De bien moins élégans sans doute,
Mais formés aussi par le cœur.
Daignant interpréter mon silence lui-même,
Du secours de la voix si mon cœur est privé,
Vous lirez dans mes yeux : « Ah ! combien je vous aime ! »
Tout mon être est à vous qui l'avez conservé :
Sous votre égide à la vertu nourrie,
Je veux grandir sous votre douce loi ;
C'est pour être avec vous que je tiens à la vie,
Et vous serez toujours le monde entier pour moi.

---

147. Unis ici pour célébrer la fête
Du bienfaiteur que nous chérissons tous,
A se livrer aux transports les plus doux
Que sans détour chacun de nous s'apprête !

Par ses bontés, ses vertus, sa douceur,
De notre amour il mérite l'hommage ;
D'un dieu sur terre il est la vive image :
A l'imiter mettons notre bonheur.

Sachons aussi par la reconnaissance
Rendre à l'envi tous ses momens heureux,

Et d'un mortel si bon, si généreux,
Que l'Éternel prolonge l'existence!...

---

148. Noble appui de mes jeunes ans,
Toi qui cultivas mon enfance,
Je te devrai quelques talens :
Ah! c'est bien plus que l'existence.
Pour tant de bienfaits, tant d'amour,
J'ai dû te vouer ma tendresse,
Et j'espère bien être un jour
L'heureux bâton de ta vieillesse.

N'avoir ici rien à t'offrir,
C'est le tourment de mon jeune âge;
Mais un coup-d'œil sur l'avenir
Et me console et m'encourage.
Tu dirigeas mes premiers pas,
Tu daignas guider ma jeunesse;
Et moi je prêterai mon bras
A ta vénérable vieillesse.

---

149. Quels vifs transports, quelle allégresse
Vous inspirez dans ce séjour !

Tout ici vous peint son amour ;
A vous fêter chacun s'empresse.
Souffrez, dans ces instans si doux,
Que je partage tant de joie,
Et qu'à son tour mon cœur déploie
Ses tendres sentimens pour vous.
Mon respect, mon obéissance,
Mon zèle, ma reconnaissance,
Ne finiront qu'avec mes jours,
Heureux, je le dis sans détours,
Si le Maître des destinées,
De mes ans abrégeait le cours
Pour ajouter à vos années !

———

150.   Sous un ciel pur et sans nuage
Une vigne, au milieu des champs,
Voyait s'étendre son feuillage
Et fleurir ses rameaux naissans :
Tout à coup s'élève un orage ;
Des vents déchaînés la fureur
Partout souffle, détruit, ravage ;
Partout imprime la terreur.

La vigne faible et chancelante
Pour soi doit trembler à son tour :
L'espoir de sa beauté naissante
Va donc succomber sans retour !
« Hélas ! je n'ai rien fait, dit-elle,
» Sort cruel, laisse-toi fléchir ! »
Mais le sort, sans pitié pour elle,
La menace... Elle va périr !

Aux tristes accens de sa plainte
L'ormeau voisin fut attendri :
» Calmez, lui dit-il, votre crainte,
» C'est moi qui serai votre abri ;
» De vos bras privés de feuillage
» Enlacez mon tronc vigoureux,
» Ainsi nous braverons l'orage,
» Ou nous périrons tous les deux. »

Il dit : la vigne se confie
Aux soins de l'ormeau bienfaisant.
Dès ce jour , sa tige fleurie
Brave l'aquilon mugissant ;
Puis, quand l'automne se déclare,
Toujours sous l'abri protecteur,

Des plus doux fruits elle se pare ,
Et lui doit ce nouveau bonheur.

Par moi ton image est tracée,
Mon cher tuteur, dans ce tableau :
Je fus la vigne délaissée ;
Tu fus, toi, le sensible ormeau.
Je dois le soin de mon enfance
A tes vertus, à tes bienfaits :
Dans mon cœur la reconnaissance
Peut-elle s'effacer jamais ?

----

151. J'écoute l'amitié bien plus que le devoir,
En venant d'un cœur pur vous présenter l'hommage ;
Quand mon respect pour vous croît sans cesse avec l'âge,
Mériter votre amour est mon plus doux espoir.

----

152. Je ne saurais encor faire de beaux discours,
Et mon cœur, tout naïf, s'exprime sans détours.
Je viens vous présenter, dans l'espoir de vous plaire,
L'hommage le plus pur, l'amour le plus sincère,
Et je rejette au loin tous ces vains complimens

Qui partent de l'esprit et non des sentimens :
Que le ciel vous accorde une longue existence ;
Qu'il répande sur vous ses dons en abondance !
S'il accomplit ainsi més plus ardens désirs,
Vos jours seront filés par la main des plaisirs.

———————

153. Il est bien rare que l'enfance
Sache tourner un compliment :
Moi, comptant sur votre indulgence,
Je vous dirai tout simplement :
Qu'à vous aimer bien tendrement
J'ai consacré mon existence.

———————

154. Mon cœur, tout plein de vos bienfaits,
Vous offre en ce jour son hommage :
Puisse, pour combler mes souhaits,
Le ciel vous donner en partage
Santé, gaîté, plaisir, bonheur !
C'est le vœu que forme mon cœur.

———————

155. Je n'ai qu'un cœur, je vous en fais hommage,
Daignez l'agréer en ce jour ;
D'un amour pur en lui voyez le gage,
Et m'accordez celui que j'attends en retour.

§ 6. *A des Professeurs, Maîtres de pension,*
Institutrices, etc.

156.   Dans vos discours, dans vos écrits,
La raison brille et plaît sans peine ;
Et des cœurs comme des esprits,
Vous proclame la souveraine.

Dans votre bouche la leçon
N'a point recours à la rudesse ;
Vous savez lui donner le ton,
L'expression de la sagesse.

A préparer notre bonheur,
Vous vous adonnez tout entière,
Et chacun ici dans son cœur
Vous place à côté de sa mère.

9

157. Je veux en deux petits couplets
Vous prouver ma reconnaissance,
Chanter vos vertus, vos bienfaits,
Vos soins pour mon heureuse enfance ;
Dire enfin ce que peut sur nous
Cette morale aimable et sage,
Qui sait par des accens si doux
Vers nos cœurs s'ouvrir un passage.

Si je ne peins que faiblement
Ce que j'éprouve à votre fête ;
Si du plus tendre sentiment
Ma bouche est un faible interprète,
Gardez-vous de juger mon cœur
Par cette vaine expérience :
Vous plaire ! ah ! c'est tout mon bonheur ;
Vous aimer, toute ma science !

---

158. De talens rare assemblage,
Vous qu'on vénère en tous lieux,
Daignez accueillir l'hommage
De nos respects, de nos vœux :

Ici chaque élève est prête
A solenniser le jour
Qu'on y consacre à la fête
De la vertu, de l'amour.

Laissez-nous des dons de Flore,
Parer votre front chéri,
Tout l'éclat qui les décore,
Hélas ! est trop tôt flétri ;
Mais les dons de la nature,
Le mérite, la bonté,
La vertu modeste et pure,
N'ont pas leur fragilité.

Si jamais vos destinées
Se réglaient sur nos désirs,
Vous passeriez vos années
Au sein des plus doux plaisirs ;
Et loin que le sort contraire
Osât troubler vos beaux jours,
L'avenir le plus prospère
En prolongerait le cours.

———————

159. De notre Minerve nouvelle
     Chantons les talens, les vertus,
     Et pour sa fête solennelle
     Unissons nos vœux, nos tributs.
     Qui jamais les mérita plus ?
     Sa démarche est noble et décente ;
L'aménité sur ses lèvres sourit ;
     Sa voix est douce, insinuante,
Son regard vif décèle son esprit.
     La frivolité, l'imposture,
N'ont eu jamais nul accès dans son cœur ;
     La modestie est sa parure ;
     Son plus doux soin, notre bonheur.

---

160. Qui peut ainsi de nos travaux
     Suspendre le cours ordinaire ?
     L'étude au plaisir, au repos,
     Sans regret ouvre la carrière :
     L'amour seul anime ces lieux ;
     Sur tous les fronts la gaîté brille...
     Si j'en crois mon cœur et mes yeux,
     C'est une fête de famille.

Que nous aimons à voir en vous
L'objet d'une fête si chère ;
Vous dont la tendresse pour nous
Sait égaler celle d'un père ?
Dans le partage de vos soins
Si nul n'obtient la préférence,
Chacun de nous voudrait du moins
L'emporter en reconnaissance ?

Vos disciples, rivaux heureux,
Qu'un même sentiment inspire,
Ont tous formé les mêmes vœux :
Un tel accord doit vous sourire.
Puisse au mérite le bonheur
Sur vos pas se montrer fidèle,
Tant que vivra dans notre cœur
Un si noble, un si sûr modèle !

_____

161. Par vos leçons guidez ma faible enfance :
Dès ce moment, si j'en connais le prix,
C'est là, n'en soyez pas surpris,
Le simple effet de la reconnaissance :

9*

Et voilà comme un jeune enfant
Peut obtenir quelque indulgence :
S'il la mérite quand il pense,
C'est en faveur de ce qu'il sent.

---

162. Je viens présenter mon hommage
A celle qui forma mon cœur :
Si je fais bien, c'est son ouvrage,
De tant de soins le prix flatteur.
Peut-on ne pas devenir sage
En recevant de tels bienfaits ?
Aussi mon jeune cœur s'engage
A ne les oublier jamais.

Je voudrais, ma bonne maîtresse,
Dans ces momens délicieux,
Vous marquer toute ma tendresse
Par quelque don bien précieux :
Tout mon trésor, mon bien suprême,
C'est mon cœur : daignez l'accepter !
Mon cœur c'est un autre vous-même ;
Pourriez-vous donc le rebuter ?

---

163.   Dans nos jardins un arbrisseau
Pour croître a besoin de culture,
Par un travail toujours nouveau
L'art doit seconder la nature.
De même, vos soins assidus
Sont le soutien de mon jeune âge ;
Si j'ai des talens, des vertus,
Ils seront un jour votre ouvrage.

---

164. Quels vœux encor peut-on former pour vous ?
Vous possédez notre tendresse ;
De succès en succès vous nous guidez sans cesse.
Quels vœux alors former pour vous ?
Vous n'êtes pas... trop mécontent de nous ;
Vous l'avez dit, et je vous vois sourire :
C'est que je tiens votre secret ;
Vous ne sauriez vous en dédire,
N'en formez donc pas le projet.
De jours heureux vos vertus sont le gage ;
Des triomphes nouveaux à vos talens sont dus,
Et votre nom, répété d'âge en âge,
Dans tous les cœurs vivra de plus en plus.

---

165.   Plus d'une voix avant la mienne
        Chanta ce jour cher à nos cœurs ;
        Je veux aussi, quoi qu'il advienne,
        Invoquer un peu les neuf sœurs.
        Craindrait-on leur rigueur extrême
        Quand il s'agit de vous fêter ?
        Non sans doute : Apollon lui-même
        Serait jaloux de vous chanter.

        Le plus pur sentiment m'inspire ;
        Mais que pourra ma faible voix ?
        On ne m'a laissé rien à dire
        Qui n'ait été redit cent fois
        Que si je peins votre belle âme,
        Votre esprit, vos bienfaits, vos mœurs,
        A chaque mot chacun réclame
        Mes vers pillés dans tous les cœurs.

        Ces dons heureux qu'en vous l'on aime,
        Vous nous les montrez sans les voir ;
        Votre embarras m'accuse même
        De vous les faire apercevoir ;
        Et tant d'indulgence assaisonne
        Ce mérite modeste et doux,

Que l'envieux même pardonne
Aux vertus dont il est jaloux.

---

166.   Ce jour transformé par l'usage
En un ridicule étalage
D'embrassades, de faux sermens,
Et d'insipides complimens,
Est le plus beau de notre vie.
Formés par vous à la sincérité,
Sans recherche, sans flatterie,
Nous exprimons la vérité.

Les timides vœux de l'enfance
Sont toujours dictés par le cœur ;
Et notre âge et notre innocence
Sont garans de notre candeur.
Que d'un maître indulgent et sage
Le destin prolonge les jours,
Sans que jamais le plus léger nuage,
Puisse en altérer l'heureux cours !

---

167.   Vous qui daignez de mon jeune âge
Soutenir les pas chancélans,

Ne dédaignez pas l'humble hommage
De mes vœux, de mes sentimens !
Pour votre fête l'innocence
Ne s'abaisse pas au détour ;
Par ma voix la reconnaissance
Offre le tribut de l'amour.

Mes vœux, étrangers à l'usage,
Pour vous naissent du sentiment ;
Mon cœur, dont ils sont le langage,
Vous les répète incessamment ;
Mais une fleur suffira-t-elle
Pour les exprimer en ce jour ?
Oui, car une simple immortelle
Peut être un symbole d'amour.

Que le ciel à mes vœux propice,
Près de vous fixe le bonheur !
Que votre automne s'embellisse
De jours purs comme votre cœur !
Que la santé la plus parfaite
Pour vous renaisse chaque jour !..
Chaque jour serait votre fête,
S'il ne tenait qu'à notre amour.

168.   Pour fêter celle à qui je dois
       L'instruction de ma jeunesse ,
       Je n'aurai nul besoin, je crois ,
       D'invoquer le dieu du Permesse.
       Eh , qui pourrait mieux que mon cœur ,
       Au jour d'une fête si chère ,
       Rendre mes vœux pour son bonheur
       Et mon vif désir de lui plaire !

---

169. Guidé par mon amour, guidé par le devoir,
Je viens de mes respects vous présenter l'hommage ,
Plus heureux chaque jour d'aimer ici , de voir,
D'admirer des vertus le plus rare assemblage !

---

170.   Je voudrais dans une chanson ,
       (Chanter ici ! gare au scandale !)
       Peindre avec l'aide d'Apollon
       Un sentiment que nul n'égale :
       Oui , j'en offrirai les tributs ,
       Sans que la raison me condamne ;
       Le culte qu'on rend aux vertus
       Eut-il jamais rien de profane ?

Notre hôte fut dans tous les temps
Bon pasteur, bon ami, bon frere ;
Jamais contre les jeux décens
Il ne s'arma d'un front sévère :
Il entraîne, il fait adopter
Le dieu qu'il prêche dans son temple ;
Eh ! qui pourrait lui résister ?
A la leçon il joint l'exemple.

D'un être si cher à nos cœurs
Puisque ce jour nous rend la fête,
A lui présenter quelques fleurs
Qu'ici chacun de nous s'apprête.
De la nature les trésors,
Mieux que notre faible éloquence,
Sauront lui peindre les transports
Qu'en nous excite sa présence.

FIN DE LA PREMIÈRE PARTIE.

SECONDE PARTIE.

COMPLIMENS et BOUQUETS pour Fêtes Patronales ; Fêtes d'amis, amies ; de petits
parens ; Mariage, Baptême, etc., etc.

§ Ier. *Fêtes patronales.*

ADÉLAÏDE.

171.   De votre fête, Adélaïde,
      Quand nous célébrons le retour,
      Un double sentiment nous guide :
      L'amitié se joint à l'amour.
      L'amitié vous offre en modèle
      A qui chérit son joug si doux ;
      L'amour...! il n'use plus son aile
      Qu'à voltiger autour de vous.

AGATHE.

172. Mon choix sent la bizarrerie :
Ce n'est pourtant pas sans sujet
Qu'à tes yeux ici je marie
Des fleurs aux fruits dans mon bouquet.
Sur toi, d'une main délicate,
Quand nature épandit ses dons,
N'embellit-elle pas Agathe
Du charme des quatre saisons ?

Au calme heureux de la sagesse
Tu joins le feu des sentimens,
L'éclat fleuri de la jeunesse
Aux fruits de l'étude et des ans ;
L'automne peint ta raison mûre,
L'hiver ta noble fermeté ;
Le printemps est sur ta figure,
Au fond de ton cœur est l'été.

Reçois donc ce quadruple hommage :
Cet épi jauni par Cérès,
Ce myrte au verdoyant feuillage,
Cet œillet odorant et frais,
Ces présens enfin, où Pomone,
Enviant l'éclat de sa sœur,

Ensemble, comme toi, nous donne
Le parfum, le fruit et la fleur.

ALEXANDRINE,

173. Malgré l'hiver, malgré les autans
   Ligués pour ravager la terre,
Amour garde un arrière-printemps,
Et pour vous de fleurs tient une serre;
   Il vous les prodigue à foison
   Dans la plus aimable des fêtes :
   Nous voyons toujours où vous êtes
   La plus belle des saisons.

Les fleurs du Pinde ont plus de parfum,
   Mais il faut qu'elles soient choisies ;
Si non, c'est un présent bien commun,
Plus commun que l'herbe des prairies.
   Aux profanes de ses bouquets
   Apollon défend la conquête ;
   Mais pour vous il tient toujours prête
   La clef de ses divins bosquets.

Veut-on de plaire un moyen certain ?
   Tout simplement qu'on parle d'elle,
Le nom d'Alexandrine en refrain
Prête à l'air une grâce nouvelle.
   Mais, lorsqu'on vante à l'unisson
   Ses vertus, sa grâce légère,
   Sa gaîté, son talent de plaire,
   Ce n'est plus une chanson.

ANGÉLIQUE.

174.   Des froids censeurs bravant les traits,
    Et leur faisant la nique,
J'accours en ces lieux tout exprès,
Avec des fleurs, des vœux, des couplets,
   Pour fêter Angélique.

  A faire un fade compliment
   Jamais je ne m'applique,
Et sans recherche m'exprimant,
Je lui dirai, là, tout uniment :
  « Dieux ! que j'aime Angélique ! »

  Si le ciel propice aux bons cœurs
   Écoute ma supplique,

Du sort épuisant les douceurs,
Il versera toutes ses faveurs
    Sur les jours d'Angélique.

Que sur mes vers bons ou mauvais
    S'exerce la critique !
Le cœur, non l'esprit ; les a faits ;
J'ai même un sûr garant de succès :
    Le nom seul d'Angélique.

---

175. J'entends toujours parler des Anges,
    Toujours vanter ces purs esprits,
    Qui de Dieu chantent les louanges,
    Dans les splendeurs du paradis :
    Avant de prétendre à la gloire
    D'aller siéger au milieu d'eux,
    Je veux vivre dans la mémoire
    De l'ange que j'ai sous les yeux.

    Digne de la céleste vie,
    S'il existe un être parfait,
    Mon aimable et touchante amie,
    Comme toi sans doute il est fait.

10*

Toujours bienfaisant et sensible,
Il pense, il agit comme toi :
Un ange est, dit-on, invisible ;
Je n'en crois rien quand je te vois.

ANNE.

176. Du Dieu des vers, dans mon délire,
Voulant d'abord prendre le ton,
Je tâchais d'accorder ma lyre
Aux tendres accens d'Apollon.
Mais le cœur à pareille fête
Vaut à lui seul tout l'Hélicon,
Ma voix, de mon cœur interprète,
Suffira pour chanter Annette.

Dans la solitaire retraite
Où je m'égare quelquefois,
Du rossignol, de la fauvette,
J'ai souvent envié la voix.
Me préparant là pour ta fête,
J'entendais l'écho de nos bois,
De mon cœur fidèle interprète
Répéter le doux nom d'Annette.

La rose mourait incolore ;
Dans son parterre sans odeurs,
Vers le sol, à grand regret, Flore
Voyait pencher toutes ses fleurs :
Tout à coup, songeant à ta fête,
Elle ravive leurs couleurs,
Et vient, de mes vœux interprète,
Couronner le beau front d'Annette.

Toi que j'aime et que je révère,
Daigne sourire à mes accens,
Et songe, avant d'être sévère,
Que toi-même inspiras mes chants.
Ma verve, hélas ! est imparfaite ;
Je t'aime et n'ai point de talens :
Oh ! si jamais je suis poëte,
Tous mes vers seront pour Annette !

———

177. Pour chanter Anne et ses vertus,
Viens m'inspirer, divin Phébus ;
    Viens ! mettons-nous en route.
Lui dirai-je que son esprit
Nous plaît sans cesse, nous sourit ?
    Je le dirai sans doute.

Nous écoute-t-elle? oh ! pour nous,
C'est un plaisir déjà bien doux;
    Mais, dans le fait,
    On est satisfait
    Bien plus quand on l'écoute.

Que mon cœur aime à la fêter !
Combien, lorsqu'il faut la chanter,
    Ma muse est fortunée !
Mais hélas ! il n'est tous les ans,
Pour lui faire entendre nos chants,
    Qu'une seule journée.
Trois cent soixante-cinq patrons
Auraient dû lui donner leurs noms;
    Dans mes couplets,
    Je la fêterais
    Tous les jours de l'année.

Il faut du neuf sur l'Hélicon;
Vieux refrain renfrogne Apollon :
    Quel embarras extrême!
Si je la fête dans vingt ans,
Mon texte, entre nous, je le sens,
    Ne peut qu'être le même;
Par son esprit, par ses talens,

Comme Anne plaira de tout temps,
    Chansons, discours
    Lui diront toujours
Qu'on la chérit, qu'on l'aime.

---

178.   Pour fêter Anne, en vain je veux
Forger un compliment passable;
Jugez si je suis malheureux!
Mes vers ne valent pas le diable.
Comment aussi croire au succès
Dans une telle conjoncture!
Ma tâche est de mettre en couplets
Le chef-d'œuvre de la nature.

Tu m'accables de tes bienfaits;
C'est là ta seule jouissance :
De tant de bontés à jamais
Je garde la reconnaissance.
Juste retour d'une amitié
Pour toi vive autant qu'elle est pure,
Si de ton cœur j'ai la moitié,
Je rendrai grâce à la nature.

Anne de la Vierge, dit-on,
Fut la mère sensible et bonne;
De la gloire un divin rayon
Couronna ta digne patronne.
Que ce diadème odorant
Compose un moment ta parure;
Je fais, chère Anne, en te l'offrant,
Ce qu'a fait pour toi la nature.

---

179.   L'un chante Diane,
L'autre à Bacchus donne le prix,
Ou rampe aux pieds de Cypris :
Nous, fêtons notre Anne (1)!

Je veux qu'on me damne!
Les sylphes partout si vantés,
Sont sans esprit, sans beautés,
Au prix de notre Anne.

---

(1) Nous n'avons pas besoin d'avertir que ce sujet, résultat d'une gageure, charge évidente et véritable tour de force, n'est admissible que dans le cas d'une intime familiarité et de la part d'un vieillard à l'âge duquel un innocent badinage est permis.

Le lys... (qui se fane)
Par sa blancheur est éclatant,
  Le satin doux ; mais pourtant
    Moins que la peau d'Anne.

Si l'on me chicane,
Je dis nargue aux fleurs du printemps,
  Heureux de voir en tout temps
    Fleurir les pas d'Anne.

Un rimeur profane
Aux connaisseurs indiquerait,
  Comme un ratelier parfait,
    La mâchoire d'Anne.

Quoiqu'on en ricane,
Pour prix d'un compliment flatteur,
  Tout ce que veut le chanteur,
    C'est l'oreille d'Anne.

Mais après notre Anne,
Veut-on savoir ce qu'en ces lieux
  On aima toujours le mieux ?
    C'est le coq à l'âne.

———————

ANTOINETTE.

180. Puisqu'enfin son aimable fête
Va se célébrer en ce jour,
Ma bouche y sera l'interprète
De nos vœux et de notre amour.
Avec une entière indulgence
Prêtant l'oreille à ces couplets,
Toinette y verra les effets
De notre heureuse intelligence.

Afin que ce jour mémorable
Lui prépare un doux souvenir,
A ses côtés, à cette table,
Tâchons de fixer les plaisirs.
Du sentiment en sa présence
Nous ferons entendre la voix :
Toinette daignera, je crois,
Sourire à notre intelligence.

Pour se conformer à l'usage,
Antoinette, ici chacun sait
Qu'il vous devrait faire l'hommage,
A votre fête, d'un bouquet :

Mais hélas ! notre prévoyance
N'a point ces heureux résultats ;
Flore, en cette saison , n'est pas
Avec nos cœurs d'intelligence.

Vous pouvez m'en croire, Antoinette,
Si le ciel exauce nos vœux,
Dans une paix douce et parfaite
Vous coulerez des jours heureux.
Et j'en puis donner l'assurance,
Désormais, comme en ce moment,
Vous nous trouverez constamment
Pour vous aimer d'intelligence.

———

BATHILDE.

181. Lorsqu'à l'envi tout se dispose
A vous fêter, à vous fleurir,
Je ne possède qu'une rose,
Et je me plais à vous l'offrir.
Une rose ! pour votre fête,
L'hommage n'a rien d'indiscret ;

Ce n'est qu'un moyen fort honnête
De vous donner votre portrait.

CAROLINE.

182. D'un cœur pur et fait pour aimer,
Recevez l'hommage sincère,
Que n'ai-je l'art de m'exprimer
Autant que vous celui de plaire !
Tour à tour je célébrerais
Cœur excellent, humeur lutine;
Je peindrais grâce, esprit, attraits,
En peignant Caroline.

Vous savez, d'un minois fripon
Employant la douce magie,
Tourner la tête à la raison
Par une piquante saillie;
Oui, pour vous un sombre Caton,
Égayant son humeur chagrine,
Rajeunirait, nouveau Titon,
Auprès de Caroline.

Cœurs froids, ennemis du bonheur,
Qui frondez les erreurs aimables,

Qui briguez le funeste honneur
De vous montrer seuls raisonnables,
De peur de vous laisser charmer,
Fuyez cette agaçante mine :
Qui jure de ne point aimer
N'a pas vu Caroline.

CATHERINE.

183. Recevez mon bouquet, aimable Catherine,
Trop faible expression de mon zèle pour vous !
De votre patronne divine
Vous avez l'air modeste et doux ;
Mais elle eût un cœur inflexible :
En ce point ne l'imitez pas.
Comme elle, assurément, vous avez mille appas ;
Ne soyez pas, comme elle, à l'amour insensible.

---

184.   Votre patronne, Catherine,
Par son esprit, à sa doctrine,
Rattacha, dit-on, les docteurs
Qui voulaient la rendre infidèle ;

La vôtre et vos yeux séducteurs
En ont souvent fait autant qu'elle.

Elle mourut martyre et vierge ;
A son autel un double cierge
Sous ce double titre est offert ;
On la préconise, on l'admire :
Vous, sans l'avoir jamais souffert,
Vous avez fait plus d'un martyre.

Vous charmiez tout à votre aurore ;
Aujourd'hui vous charmez encore :
A vous seule était réservé
Un si glorieux avantage :
Vous seule avez toujours prouvé
Que l'art de plaire est de tout âge.

———

CÉCILE.

185. Jamais en son brillant langage
Apollon ne m'a rien dicté ;
Mais, risquant un apprentissage,
Dans ce jour si beau, si fêté,

Je chante l heureux assemblage
De l'esprit et de la beauté?

Si ma muse vous rend hommage,
Vous l'avez trop bien mérité :
Est-il un cœur qui ne s'engage,
Qui ne reste comme enchanté,
Quand il rencontre l'assemblage
De l'esprit et de la beauté ?

La douceur est votre partage ,
Votre penchant , l'humanité ;
Heureux talent , naïf langage
Qui porte au cœur la volupté ,
En vous complètent l'assemblage
De l'esprit et de la beauté.

Un époux tendre autant que sage,
A prouver sa fidélité ,
Dans votre paisible ménage ,
Met toute sa félicité :
Vous le devez à l'assemblage
De l'esprit et de la beauté.

Les Dieux sur leur plus bel ouvrage
Veillent toujours avec bonté ;

11*

Vos jours seront donc sans nuage ;
Mais, quand viendrait l'adversité,
En seriez-vous moins l'assemblage
De l'esprit et de la beauté?

———

186. D'un véritable ami c'est ici le bouquet,
Recevez-le, Cécile, au gré de mon souhait.
    C'est une faveur que j'espère.
L'amitié ne craint rien du temps qui tout détruit,
    Et bien loin que l'âge l'altère,
Semblable à la liqueur que l'automne produit,
Elle est en vieillissant et meilleure et plus chère.

———

CÉLESTE, CÉLESTINE.

187. J'ai donc enfin su découvrir
    Le jour consacré pour ta fête !
  Bon gré, mal gré, tu dois souffrir
    Qu'à te chanter ma voix s'apprête :
  Si le jour de la vérité
    Blesse ta paupière modeste,
  Pour rester dans l'obscurité
    Il fallait n'être pas Céleste.

Tes yeux attisant le désir,
Ta fraîcheur rivale de Flore,
Ta bouche appelant le plaisir,
Voilà ce qui fait qu'on t'adore.
Rigoureux censeurs, en ce jour,
Quel est donc l'espoir qui vous reste ?
Oserez-vous blâmer l'amour
Lorsque son objet est Céleste ?

C'est peu que de savoir charmer :
Sans efforts tu peux y prétendre ;
L'art véritable c'est aimer,
Heureux qui pourra te l'apprendre !
Un seul sourire, un seul baiser,
Toujours ta bouche les conteste.
Quoi ! pour un peu t'humaniser,
T'en croirais-tu donc moins Céleste ?

---

188. Pour être offerte à Célestine,
Quelle fleur pouvais-je choisir ?
Est-ce la rose purpurine ?
Un jour la voit naître et mourir !
Sa beauté, quoique passagère,
En a fait la reine des fleurs :

C'est la seule qui doive plaire
A la reine de tous les cœurs.

Ainsi que la rose nouvelle
Qui nous séduit par son éclat,
Ma Célestine, pure et belle,
Joint la fraîcheur à l'incarnat.
De la rose qui vient d'éclore,
Elle offre les attraits brillans ;
Mais elle charme plus encore
Par son esprit, par ses talens.

CLOTILDE.

189. Quelle fleur pourrais-je assortir
A ton aimable caractère ?
Le souci peint le repentir ,
Le pavot la sottise altière ;
Le narcisse offre tous les traits
D'un égoïste incorrigible :
On voit qu'aucun de ces bouquets
Ne convient à femme sensible.

Le myrthe exprime, selon moi,
L'amour qui te doit la naissance ;

Clotilde en l'œillet blanc je voi
L'emblême heureux de l'innocence ;
Dans la rose tes traits charmans ;
Ta pudeur dans la violette ;
Dans le lierre les sentimens
Qui m'inspirent ma chansonnette.

Mon choix, je pense, est donc bien fait :
Myrthe, œillet, violette, rose,
Et, pour en former ton bouquet,
Ma main de son mieux les dispose.
Outre ces fleurs, tu le vois bien,
Il me reste encor le lierre :
Clotilde, qu'il soit le lien
Du bouquet à la jardinière !

CONSTANCE.

190. On se plaît à joncher de fleurs
L'épineux sentier de la vie ;
Pour y trouver quelques douceurs,
Chacun l'orne à sa fantaisie :
Hymen, sur les folles amours,
Tu dois avoir la préférence,

Oui, pour m'assurer d'heureux jours,
Je te recherche avec Constance.

Trop long-temps j'ai livré mon cœur
Aux plaisirs de l'indépendance ;
J'ai trop long-temps pour le bonheur
Pris une trompeuse apparence.
Le sentiment et la raison,
Tout assure ma jouissance :
Loin de moi, vaine illusion !
Point de vrai bonheur sans Constance !!!

ÉLÉONORE.

191.   Éléonore
Plaît par mille dons ravissans ;
Les vertus dont elle s'honore
Semblent rehausser les talens
          D'Éléonore.

          Éléonore
Y joint maint appas séducteur ;
Mais leur éclat n'est rien encore ;
Ce qui plaît surtout, c'est le cœur
          D'Éléonore.

Éléonore
Est un vrai chef-d'œuvre des cieux ;
Hebé, Vénus, Minerve, Flore,
N'égaleraient pas, à mes yeux,
Éléonore.

ÉLISABETH.

192. De l'aimable Babet c'est aujourd'hui la fête,
Qu'à la bien célébrer ici chacun s'apprête !
Esprit, grâces, douceur, tels sont ses attributs :
Mes amis, la fêter, c'est fêter les vertus.

EULALIE.

193.   Bonne Eulalie,
Je viens te fêter en ce jour,
Reçois ma rose si jolie
Comme un gage de mon amour
Pour Eulalie.

FÉLICITÉ.

194. Félicité ! ce nom qui plaît à l'âme,
A tous les jours un prix nouveau pour moi :
Comme l'amour, l'amitié le réclame,
Et tous les deux l'avaient choisi pour toi.
Beauté vermeille est bientôt effacée,
Et dans l'oubli se perdent tous ses traits :
Plaisir des yeux, charme de ma pensée,
Félicité ne passera jamais.

FRANÇOIS, FRANÇOISE.

195. Sans craindre qu'on me cherche noise,
Je veux tenter en ce moment,
Entre saint François et Françoise,
Un tout petit rapprochement.
Au saint d'abord je voulais plaire :
A votre aspect changeant d'avis,
Je suis homme à louer la terre,
Au détriment du paradis.

François, dit-on, se fit ermite
Pour trouver le chemin des cieux :

Fuir le monde est un grand mérite ;
Mais l'embellir, c'est encor mieux.
La ceinture de ce bon père
Pouvait avoir bien des vertus !
N'auriez-vous pas, pour mieux nous plaire,
Dérobé celle de Vénus ?

---

196. Que l'église en ce jour célèbre ton patron !
    Pour moi, je le dis sans façon :
C'est à toi seul que je dois rendre hommage.
De mon amour accepte donc ce gage.
A nos respects un bon père a des droits ;
Et, n'en déplaise au saint, ton âme douce et pure,
A pour nous attacher une vertu plus sûre
    Que le cordon de saint François.

---

197.   De l'éclat de ces fleurs nouvelles,
    Mes vers, bien loin d'être jaloux ,
    Auprès de Françoise avec elles
    Espérez le sort le plus doux.
    Le vermillon qui les colore
    En un jour perdra sa fraîcheur ;

Dans un an vous plairez encore,
Si vous savez parler au cœur.

Partez ; que rien ne vous arrête :
Tandis que les ris et les jeux,
A l'envi célèbrent sa fête,
Faufilez-vous au milieu d'eux.
Rarement les belles sont lasses
D'entendre des propos flatteurs ;
Brûler l'encens au pied des Grâces
Est le plus beau droit des neuf Sœurs.

Quand vous serez en sa présence,
O mes couplets, parlez pour moi!
Comptez sur beaucoup d'indulgence;
Elle en fait sa première loi.
Peignez-lui mon amour sincère;
Dites-lui que, sans vanité,
Je n'ai pas craint de lui déplaire
En lui disant la vérité.

GABRIELLE.

198.   Favorable aux vœux de l'amour,
Le temps respecte Gabrielle :

De sa naissance heureuse il respecte le jour,
Et ce jour, tous les ans, la retrouve plus belle.
  A ses attraits loin de faire un affront
(En cela ses destins diffèrent bien des nôtres),
Le vieillard destructeur dépose sur son front
    Les attraits qu'il dérobe aux autres.
  De mille dons, toi qui sus l'embellir,
Gabriel ! sois aussi notre ange tutélaire !
    Nous avons tous ton cœur pour la chérir ;
  Accorde-nous ton esprit pour lui plaire,
Ou daigne nous prêter tes ailes pour la fuir.

———————

199. D'un ange vous avez la bonté, la douceur,
    Mais, trop aimable Gabrielle,
Un ange n'aurait pas ce regard enchanteur
Où respire l'amour, où sa flamme étincelle.
    Oui, c'est à tort que l'amitié
    Parmi les chérubins vous range ;
  Car le pinceau qui nous retrace un ange
De vos perfections ne rend pas la moitié.

———————

GENEVIÈVE.

200.   Toi que j'aime, que je chéris ;
    Toi que, dès l'âge le plus tendre,

La sainte en honneur à Paris,
Sous son égide a daigné prendre !
A son nom , joignant les vertus
Qu'on admirait dans ta patronne,
Pour avoir tous ses attributs,
Tu fus à la fois belle et bonne.

Pourtant Geneviève au Seigneur
Se voua pour demeurer fille ;
D'un époux tu fais le bonheur ,
Tu fais celui de ta famille :
C'est bien mieux que le célibat.
La maternité nous élève ;
Les vertus sont de tout état ;
Tu les as toutes , Geneviève.

Les faibles vers qu'en ce moment
Je t'adresse, ô ma tendre amie,
Ne sont rien moins qu'un compliment,
Que dicterait la flatterie.
Pour toi, Geneviève, mon cœur
Est à l'unisson de ma lyre ;
Ces vœux formés pour ton bonheur ,
La seule amitié les inspire.

201. Pour nous, amis, le plus beau jour se lève ;
A nos accords il donne un libre cours :
Il nous permet de dire à Geneviève
Ce qu'on ressent pour elle tous les jours.

Voyez ces traits, cette heureuse tournure ;
Voyez l'esprit qui brille dans ses yeux !
A qui la voit si de plaire elle est sûre,
A qui l'entend elle plaît encor mieux.

Pour nos besoins soigneuse, prévenante,
Nous n'avons rien, près d'elle, à désirer.
Vous la croiriez encor reconnaissante
De tous le bien qu'elle a su procurer.

Tant de bontés appellent mille hommages :
Le nôtre en est un bien faible retour ;
Mais serions-nous plus sûrs de ses suffrages,
Si nos talens égalaient notre amour ?

GUILLAUME.

202. Qu'est-ce après tout qu'un Guillaume
Surnommé le conquérant ?

Va! dans ton petit royaume,
Papa, tu n'es pas moins grand :
Dès long-temps sans que Bellone
T'enivrât de ses fureurs,
De tout ce qui t'environne
Tu sus conquérir les cœurs.

Ah! sur nous régnant sans cesse,
Joins, heureux triomphateur,
Au sceptre de la tendresse,
La couronne du bonheur !
Tu ne veux pour droit d'accise
Que notre amour seulement ;
Mais aussi nul ne s'avise
D'en contester le paîment.

HÉLÈNE.

203. Jamais, des nymphes d'Hélicon
Partageant le délire,
Je n'ai du divin Apollon
Fait résonner la lyre.
C'est, à sa séduisante cour,
L'amitié qui m'amène :

Eh ! pouvais-je, en un si beau jour,
  Ne pas chanter Hélène !

Hélène sait par la gaîté
  Tempérer la sagesse,
Et sa touchante aménité
  Plaît même à la jeunesse ;
Des vertus, des talens qu'elle a
  Toute autre serait vaine ;
Eh bien ! mes amis, tout cela
  Rend plus modeste Hélène.

Voir le déclin de ses beaux jours
  Sans regrets ni colère ;
Laisser envoler les amours
  Et garder l'art de plaire ;
C'est un rare secret, dit-on,
  Et je le crois sans peine :
Il fut inventé par Ninon,
  Retrouvé par Hélène.

Fait-on l'éloge d'un bon cœur ;
  D'un heureux caractère ;
D'un esprit vif et point railleur,
  Fin et pourtant sincère ?

Chacun dit : « Je la reconnais,
  » Dé ces lieux c'est la reine ! »
Ce sont là vraiment de ces traits
  Qui ne peignent qu'Hélène.

Ces vers seront-ils bien reçus !
  Je ne suis pas poëte,
Et ma muse n'est tout au plus
  Qu'une simple musette :
Je me croirai donc, j'en conviens,
  Trop payé de ma peine,
Si pour ce faible essai j'obtiens
  Un sourire d'Hélène.

———

HENRI, HENRIETTE.

204. C'est l'ami, l'hôte vénérable,
Qu'ici j'entreprends de fêter.
Mais d'abord, rangés à sa table,
Nous avons un *tôst* à porter :
  Au tintin des verres,
  Transmis par nos pères,
  Mêlons tous ce cri,
L'expression de nos yœux sincères :
  Vive Henri !!!

Son nom, bien connu dans l'histoire,
Fut celui d'un roi généreux,
Qui sut aimer, se battre, boire,
Et rendre ses sujets heureux.
    S'il n'a pas un trône,
    Faute de couronne,
    Est-il moins chéri?
Entend-il moins ce cri qui résonne :
    Vive Henri!!!

Mais qu'ai-je dit? roi magnanime,
Il règne en paix sur notre cœur,
Et le seul désir qui l'anime
C'est d'assurer notre bonheur.
    Avec quelle ivresse
    Nous ferions sans cesse
    Retentir ce cri,
Fidèle écho de notre tendresse :
    Vive Henri!!!

Amis, j'étais certain d'avance
De vous entendre à l'unisson,
Redire, pleins de bienveillance,
Le doux refrain de ma chanson.

Heureux le poëte
Qu'inspire la fête
D'un parent chéri !
On le seconde, et chacun répète :
Vive Henri !!!

───────

205.　　Votre nom, jeune Henriette,
Rappelle ce nom chéri
Que tout bon Français répète,
Le beau nom du grand Henri.
Vous brillez, sans diadème,
De mille attraits séducteurs;
Comme lui chacun vous aime,
Vous régnez sur tous les cœurs.

Surpassant de Henri-Quatre
Les admirables exploits,
Vous triomphez sans combattre;
Tout cède à vos douces lois.
En jurant d'être fidèle,
De vivre et mourir pour vous,
Le ligueur le plus rebelle
Tomberait à vos genoux.

Henri fit tout pour la gloire ;
Il fit beaucoup pour l'amour.
Vous, des fruits de la victoire,
Usez donc à votre tour.
Il sut, après ses conquêtes,
Rendre heureux tous ses sujets :
L'un des captifs que vous faites
Ne le sera-t-il jamais ?

Ce roi, pourtant invincible,
Fut vaincu par la beauté ;
Son cœur galant et sensible
Lui dut sa félicité.
Il n'eut des yeux que pour elle :
Ah ! sans doute, en vous voyant,
Il eût quitté Gabrielle,
Et vous fût resté constant.

Prenez enfin pour modèle
Henri que nous aimons tous :
S'il fut roi, vous êtes belle,
Comme lui régnez sur nous.
Souffrez qu'en ce jour de fête
Notre refrain favori

Soit toujours : vive Henriette ,
L'émule du bon Henri !!

———————

HORTENSE.

206.   Dans une rose
Consiste aujourd'hui mon bouquet ;
Pour vous fêter elle est éclose :
Je vous retrouve trait pour trait
    Dans une rose.

    De votre bouche
Elle a le parfum , la fraîcheur ;
De l'aile à peine amour la touche :
De même il ravive la fleur
    De votre bouche.

    Fille de Flore ,
Brillant de l'éclat le plus pur ,
La rose plaît ; on vous adore :
Vous êtes, comme elle , à coup sûr,
    Fille de Flore.

De la nature
La rose a la simplicité ;
Simple, étrangère à l'imposture,
N'êtes-vous pas l'enfant gâté
De la nature ?

JEAN, JEANNETTE.

207. Point de bouquets prétentieux ;
C'est l'ami Jean que dans ces lieux,
Sans fard , sans apprêt chacun fête :
Loin de nous , pointilleux censeur !
C'est ici l'ouvrage du cœur,
Ce n'est pas celui de la tête.

Que chacun dise sans façon
Un petit couplet de chanson ;
L'apprêt nuirait à la pensée,
Laissons parler le sentiment :
Quand on ne dit que ce qu'on sent,
Jamais la raison n'est blessée.

Pour faire la comparaison
De notre ami , de son patron ,

13

Disons que du siècle où nous sommes
C'est l'être le plus généreux,
Comme il est dit du bienheureux
Que ce fut le plus saint des hommes.

Saint Jean gardait le célibat ;
Jean s'est lié par un contrat
A femme estimable et chérie.
Il en a d'aimables enfans...
Que Jean soit mon patron céans,
Et saint Jean pour une autre vie !

───────

208. Cédant avec facilité
Au doux appât de la paresse ,
J'ai depuis long-temps déserté
Les sentiers fleuris du Permesse.
Si d'en reprendre le chemin
La tentative est indiscrète ,
On l'excusera , car enfin,
  C'est pour fêter Jeannette.

Dans le monde est-il un époux
Dont le sort soit digne d'envie ;

Qui se livre au plaisir si doux
D'avoir en sa femme une amie ;
Qui goûte, en public, sans témoin.
Une félicité parfaite?...
Amis, ne cherchez pas bien loin :
 C'est l'époux de Jeannette.

D'un saint amour subir les lois,
Dans l'union la plus prospère ;
Toujours se montrer à la fois,
Et tendre épouse et bonne mère,
Joindre à la sensibilité
La grâce, et venir en cachette
Au secours de l'humanité...
 C'est ce que fait Jeannette.

Tout homme est homme : l'intérêt,
Voilà le mobile ordinaire;
Du chanteur comme on se rirait
S'il ne demandait son salaire !
On ne sera donc point surpris,
A la fin de ma chansonnette,
De m'en voir réclamer le prix.....
 Un baiser de Jeannette.

JOSÉPHINE.

209.

C'est Joséphine
Que chante ici ma faible voix ;
S'il est une beauté divine
Dont on aime à subir les lois,
C'est Joséphine.

De Joséphine
Tant de dons forment l'heureux lot,
Qu'Ovide eût oublié Corinne,
Au moindre geste, au moindre mot
De Joséphine.

A Joséphine
Je ne destinais qu'une fleur ;
Chemin faisant je m'examine :
J'avais déjà donné mon cœur
A Joséphine.

JULIE.

210.

J'avais encor quelque espérance ;
Mais frivole, hélas ! je le voi ;

Trop sensible est la différence
Qui se trouve entre vous et moi.
Vous avez des beautés divines,
Du ciel j'obtins peu de faveurs ;
Je suis dans l'âge des épines,
Vous êtes dans l'âge des fleurs.

J'ose pourtant, chère Julie,
Vous offrir encor mon tribut :
C'est là sans doute, une folie ;
Mais, lui supposant même un but,
Peut-elle vous mettre en colère ;
Est-ce un motif pour m'en vouloir..?
A qui n'en feriez-vous pas faire ;
Peut-on rester sage et vous voir ?

---

211.   Permettez-moi de le chanter
Ce nom que j'aime à la folie,
Que je me plais à répéter,
Qui fait le charme de ma vie !
L'amour seul pouvait inventer
Ce nom qui rime avec jolie :
Permettez-moi donc de chanter
Le nom , le doux nom de Julie.

13*

212. Oui, la rose est, pour votre fête,
La fleur que j'ai dû préférer,
L'image la moins imparfaite
Des dons qui vous font admirer.
Par l'Amour lui-même embellie,
Elle a, dans l'empire des fleurs,
Le rang que l'aimable Julie
Occupe ici dans tous les cœurs.

JUSTINE.

213. Je convoitais la rose et l'aubépine :
Je vis l'amour tout prêt à m'assaillir ;
Il les gardait. Je lui nommai Justine :
Il vint m'aider lui-même à les cueillir.

« Prends le bouquet que ta main lui destine :
» Mes fleurs, dit-il, la doivent couronner ;
» Mais gare à toi : lorsque c'est à Justine,
» L'on donne plus qu'on ne croyait donner.

» Crains un larcin que déjà je soupçonne,
» Que vainement tu voudrais retarder :
» Dès que sa main touche aux fleurs qu'on lui donne,
» Ses yeux ont pris le cœur qu'on veut garder. »

Je puis braver le sort qu'on me destine.
Le mal est fait : ainsi plus de frayeur ;
Dès le matin quiconque a vu Justine,
N'a plus, le soir, à craindre pour son cœur.

LAURETTE.

214. Frivole enfant de la cérémonie,
Un compliment prouve-t-il l'amitié ?
Quand les couplets sont le fruit du génie,
Notre amour-propre est souvent de moitié.
Pour vous chanter, adorable Laurette,
Ma muse ici n'a pas besoin d'efforts :
Auprès de vous, loin de rester muette,
Elle prélude à de nouveaux accords.

Mais qu'ai-je dit ? je les sens déjà naître ;
Par vos vertus n'est-on pas inspiré ?
Partis du cœur, ils vous plairont, peut-être,
Mieux qu'un discours par l'esprit préparé.
Sans retracer tous vos moyens de plaire,
Ce doux regard, ces appas séducteurs,
Ils ne diront que l'heureux caractère
Qui sur vos pas enchaîne tous les cœurs.

LOUIS, LOUISE.

215.   Louis fut jadis un grand homme,
       Louis fut bon, Louis fut roi,
       Et, dans Paris ainsi qu'à Rome,
       C'est un saint du meilleur aloi.
       Ceux que la foi nous recommande
       Nous sont bien chers ; mais aujourd'hui
       J'aime mieux fêter un ami
       Que tous les saints de la légende.

       S'il devenait roi, par boutade,
       Celui que je chante en ce jour,
       Pour aller faire une croisade,
       N'abandonnerait pas sa cour.
       Il aime mieux chanter victoire
       Auprès de sa tendre moitié ;
       Et pour lui la fleur d'amitié
       Vaut tous les lauriers de la gloire.

       ———

216.   Vive à jamais, vive Louis !
       Par des prodiges inouis
       Il n'a pas recherché la gloire ;
       Dans le grand livre de l'histoire

Ses hauts faits ne sont pas écrits,
Mais dans le cœur de fidèles amis
Il a son temple de mémoire.

———————

217. C'est ta fête, bonne Louise,
Fête à jamais chère à mon cœur !
Mon bouquet a donc pour devise,
Tendresse, respect et bonheur :
Sur tes lèvres couleur de rose,
Trône de l'amour et des ris,
Je voudrais, mais hélas ! je n'ose
Me flatter d'en cueillir le prix.

———————

LUCETTE.

218. Viens, Dieu des vers ! viens mettre ma musette
A l'unisson de tes accords touchans,
Viens ! je voudrais joindre en fêtant Lucette,
A tes lauriers les roses du printemps.

Sortant des mains de la simple nature,
Son jeune cœur ignore les désirs;
L'appât trompeur d'une vaine parure
Ne trouble pas ses innocens plaisirs.

Amour, Amour ! achève ton ouvrage :
Elle parut et régna dans mon cœur ;
Fais que Lucette accorde à mon hommage
Un doux sourire ! et je crois au bonheur.

MADELEINE.

219. Madelon, déjà dès long-temps
Portait la céleste couronne,
Quand, pour briller aux premiers rangs,
Elle devint votre patronne.
Honneur, honneur à Madelon
Qui vous prêta son joli nom !

La sainte avait des yeux fripons,
Le teint frais, la taille élégante,
De petits pieds, des cheveux blonds,
Fin corsage et mine agaçante :
Vous ressemblez à Madelon
Vous qui portez ce joli nom.

Fidèle au précepte divin
Dont elle fit sa loi suprême,
Madeleine aimait son prochain
Autant..., plus, je crois, qu'elle-même.

Imitez... de loin Madelon,
Vous qui portez ce joli nom.

Elle commit quelques péchés ;
(Quel juste en ce monde en est quitte !)
Mais si charmans, mais si cachés,
Qu'on les lui pardonnait bien vite :
Péchez donc comme Madelon,
Vous qui portez ce joli nom.

Madeleine, à peine à vingt ans,
De ses péchés fit pénitence ;
Péchez ; vous avez tout le temps,
Et, pour venir à repentance,
Pressez vous moins que Madelon,
Vous qui portez ce joli nom.

———

220. De fleurs voulant vous couronner,
Chacun, ce matin, dès l'aurore,
S'empressait de tout moissonner
Dans les bosquets chéris de Flore,
Le myrthe, la rose, l'œillet,
Attiraient la foule empressée :

Moi je n'ai mis dans mon bouquet
Que l'immortelle et la pensée.

Emblême heureux d'un sentiment
Qui doit être à jamais durable,
Ces fleurs peignent l'attachement
Qu'inspire une femme estimable.
Par le velouté de sa sœur
Si l'immortelle est éclipsée,
C'est que dans le bouquet du cœur
Toujours domine la pensée.

---

221.   A Madeleine
Je ne destinais qu'une fleur ;
        Mais Madeleine,
Par son éclat, par sa fraîcheur,
Des cœurs n'est-elle pas la reine?...
Je ne puis offrir que mon cœur
        A Madeleine.

MARGUERITE.

222.   Tibulle chanta les Amours,
        Anacréon les Grâces ;

Je veux, au déclin de mes jours,
　　Suivre de loin leurs traces.
S'ils consacrèrent leurs accens
　　A Philis, à Glycère,
Marguerite aura mon encens :
　　Chacun a sa manière.

Des plantes la moindre a son prix :
　　Dans les Métamorphoses,
Ovide consacre à Cypris
　　Et le myrthe et les roses ;
Le laurier à Mars, à l'honneur ;.
　　A Bacchus le lierre....
Moi, la marguerite est ma fleur.
　　Chacun a sa manière.

La marguerite, fleur qu'aux champs
　　L'on préfère à toute autre,
S'y voit l'oracle des amans
　　Comme ici vous le nôtre ;
Elle a son trône entre les fleurs
　　De la simple bruyère ;
Le vôtre est au fond de nos cœurs :
　　Chacun a sa manière.

———————

MARIE.

223.   Aimer Marie !
Est-il une plus douce loi?
De tous sans doute elle est chérie ;
Mais qui saurait autant que moi
   Aimer Marie ?

   Aimer, Marie !
Quel doux accord entre ces mots !
Cinq lettres dont l'ordre varie
Font, par un aimable à propos,
  AIMER, MARIE.

   Aimer, Marie,
De tout ce qui reçut le jour
Est la tâche la plus jolie.
Pour la remplir, à votre tour,
   Aimez, Marie !

———————

224.   Un Dieu qui n'y voit goutte,
Mais rusé, mais fripon,
Pour celle qui m'écoute
Demande une chanson.

Ma muse est toujours prête
A chanter ses attraits ;
Amour ! oui., pour sa fête ,
Elle aura des couplets.

Mais , pour chanter Marie,
Fleurs , que votre destin
Rend si dignes d'envie ,
Fleurs qui parez son sein ;
Qu'un moment je respire
Vos parfums enchanteurs ,
Et je vais de ma lyre
Tirer des sons vainqueurs.

Fleurs ! d'Apollon lui-même ,
Je puis , dans mes transports ,
Sans un orgueil extrême,
Défier les accords.
Car ce que j'imagine
Sous vos feuillages verds ,
Est la double colline
Qui m'inspire mes vers.

J'allais , peintre novice ,
Ébaucher ton portrait ;

Mais à ma faible esquisse
Quand on applaudirait,
Tout en louant l'ouvrage,
Son dessin, ses couleurs,
Chacun dirait, je gage :
« Elle est mieux dans nos cœurs. »

————

225. Je chante (Amour m'en fait la loi),
Et, mes amis, je le parie,
Vous allez chanter avec moi
La bonne, la douce Marie.

Manquons-nous d'inspirations?
Le jour de sa fête chérie,
Au besoin nous les puiserions
Jusques dans les yeux de Marie.

Mais craignons ce fripon d'amour
Qui tient là son artillerie :
Amis, s'il fait feu, tour à tour,
Nous allons brûler pour Marie.

Voyez un peu son grand œil noir,
Voyez sa mine si jolie,
Et de tout ce qu'on aime à voir
Jugez en regardant Marie.

Admirez comme à ses appas
Un vif enjoûment se marie !
Non, l'esprit ne le cède pas
Même à la beauté chez Marie.

Mais cet esprit n'est point gâté
Par une amère raillerie ;
Douceur, indulgence et bonté,
C'est la devise de Marie.

NATALIE.

226.   A Natalie
Pour adresser un compliment,
Il faudrait un peu de génie :
Je n'ai, moi, que du sentiment
        Pour Natalie.

De Natalie

Vanter la vertu, les attraits,
Pourrait blesser sa modestie ;
Ne chantons donc que les bienfaits
 De Natalie.

Pour Natalie

La plus riche moisson de fleurs
Est l'image bien affaiblie
De l'entraînement de nos cœurs
 Vers Natalie.

OLYMPE.

227. Pour Olympe assortir des fleurs
N'est plus une tâche ordinaire ;
Saison, parfum, genre, couleurs,
En tout c'est une étude à faire.
De mon bouquet j'ai dû bannir
Toute allusion déplacée :
On y voit la rose s'unir
Au lis, au myrthe, à la pensée.

De la fraîcheur, de la beauté,
Dans la rose on trouve l'emblême ;
Dans le lis est la majesté,
Dans le myrthe un amour extrême ;
Par deux de ces fleurs tu te vois,
Olympe, assez bien retracée :
J'aimerais à dire par trois...
Mais tu lirasdans ma *pensée !*

PIERRE.

228. A tant de méchans couplets
    Qui vont chez l'épicière,
Les miens, fiers de leur succès,
Survivront ; car je les fais
    Sur Pierre.

Pierre plaît par sa douceur,
    Son heureux caractère ;
Nos Crésus, sur mon honneur,
Devraient tous avoir le cœur
    De Pierre.

Si le ciel, propice à tous,
    Exauçait mes prières,

Pour nous faire un sort plus doux,.
Il ferait pleuvoir chez nous
Des Pierres.

REINE.

229. C'est trop de quatre vers pour dire qu'on vous aime;
Bonne Reine, en deux mots on le dirait de même;
Barême et ses calculs ne sauraient exprimer
Le nombre des raisons qu'on a de vous aimer.

RENÉ.

230.   Qu'aux ris, à l'enjoûment aimable,
        Le reste du jour soit donné !
        Le verre en main, à cette table,
        Chantons et buvons à René.
        René le saint fut-il affable?
        Je le crois pour l'honneur des cieux :
        Le nôtre du moins est bon diable ;
        Saint lui-même en vaudrait-il mieux?

A René donc rendons hommage :
En cette fête où l'amitié
Prend bien plus de part que l'usage,
Il ne pouvait être oublié.
Par une affection sincère
Que tous ses jours soient embellis ;
Que René trouve sur la terre
Un avant-goût du paradis !!

ROSE.

231. La rose est la reine des fleurs,
Comme toi la reine des cœurs ;
Mais son éclat est peu de chose ;
A peine on la voit fraîche éclose,
Qu'on peut pressentir son destin :
C'est de ne plaire qu'un matin.
A tous et toujours plaira Rose.

SOPHIE.

232. Dans le boudoir de sa mère,
Amour un jour se mirait ;

Plus joli qu'à l'ordinaire,
Le Dieu fripon s'admirait...
Le miroir n'était qu'un verre,
De sa méprise on riait ;
Car Sophie était derrière,
C'était elle qu'il voyait.

Suzanne.

233. Ce n'est pas sans sujet qu'on vous nomme Suzanne :
Suzanne, ainsi que vous, eut l'art un peu profane
De plaire, d'inspirer l'amour et les désirs.
La vieillesse réduite à l'honneur d'être sage,
Retrouve à vos genoux plus que des souvenirs ;
Des soupirs la jeunesse y fait apprentissage :
    Oui, près de vous il n'est qu'un âge,
    L'âge ailleurs si court des plaisirs.

Thérèse.

234.   Toujours la vertu, le mérite,
    A notre hommage auront des droits ;
    A les chanter ce jour m'invite,
    Il ranime ma faible voix.

Non, quand pareil sujet m'inspire,
Feignant un modeste embarras,
Ce n'est pas moi qui viendrai dire :
    Ça n'se peut pas.

D'un grand, d'un riche de la terre,
Souvent le portrait est flatté ;
D'une Laïs on exagère,
L'esprit, la grâce, la beauté.
Mais quand il s'agit de Thérèse,
De ses vertus, de ses appas,
En trop dire ! ne vous déplaise,
    Ça n'se peut pas

235. Patronne auguste de ma mère,
Ah ! du séjour des bienheureux,
Thérèse ! si d'un cœur sincère
Tu te plais à combler les vœux,
Protége une mère accomplie,
Et que, par ton divin secours,
Jamais de son heureuse vie,
Rien ne vienne troubler le cours.

Quel bouquet, maman, à ta fête
T'exprimerait mes sentimens ?

Celui que ton enfant t'apprête
N'a rien à redouter du temps :
Ce simple bouquet, ô ma mère !
Daigne l'accepter : c'est mon cœur !
Si cet hommage a pu te plaire,
Rien n'égalera mon bonheur.

———

VICTOIRE.

236. Victoire ! est-il un nom plus doux,
  Plus digne de mémoire?
L'Amour, l'Amitié, sont chez nous
  Prêts à chanter Victoire.

Victoire est sans fard, sans apprêts;
  Sans oser même y croire,
Elle a tous les dons, les attraits...
  Qui font chanter Victoire.

Mais la beauté qui se flétrit
  N'a qu'un charme illusoire ;
C'est par le cœur, c'est par l'esprit,
  Que plaît surtout Victoire.

Sa voix se marie aux concerts
  Des filles de mémoire;
Le goût des beaux-arts, des bons vers,
  Est le goût de Victoire.

Après sa fête, adieu nos chants!
  Car, c'est un fait notoire,
Son époux seul a, de tous temps,
  Droit de chanter Victoire.

§ 2. *A une Amie, un Ami, une Cousine, une Fiancée, etc.*

237. Ne crains pas que je t'étourdisse
      De quelque fade compliment
      Dont l'emphase est le sûr indice
      D un faux ami, d'un froid amant.
      Je ne viens pas faire étalage
      De ce que je ressens pour toi :
      T'aimer est le commun usage;
      Mais qui t'aimerait comme moi?

15

238. Dans les vœux que l'on vous adresse,
Souffrez que je sois de moitié,
Et qu'aux accens de la tendresse
Je mêle ceux de l'amitié.
A vous fêter quand on s'apprête,
Si l'on goûte tant de douceurs,
C'est que sans doute votre fête
Est la fête de tous les cœurs.

239. La fleur des champs moins que vous est modeste,
Et moins que vous la rose a de fraîcheur.
Le lis, si fier de sa tige céleste,
A moins que vous de grâce, de blancheur ;
Ainsi par vous chaque fleur effacée,
De vous parer en vain brigue l'honneur ;
Mais l'immortelle unie à la pensée
Vous parlera le langage du cœur.

240. Si ma rose t'intéresse,
Je crains qu'au fond de ton cœur
Tu compares ma tendresse
A l'éclat de cette fleur.
Elle est fraîche, elle est jolie,
Mais ce qui ne vit qu'un jour

Ne peut être, ô mon amie,
L'emblème de mon amour.

---

241. Des fleurs que ce beau jour va semer sur vos pas
Je n'ai point cru vous offrir la plus belle;
　　Mais, en choisissant l'immortelle,
D'une amitié dont vous ne doutez pas
　　J'y voyais l'emblème fidèle.
Le premier l'Orient sut, animant les fleurs,
　　Imaginer l'ingénieux langage,
　　　Où les différentes couleurs,
　　　Le nœud lui-même, les odeurs,
　　　Le mystérieux assemblage,
Peignent à leur objet les plus vives ardeurs.
Souffrez donc que j'imite un si charmant usage;
　　Non que j'aspire au bonheur d'un amant :
De l'oubli, de l'amour sans peine on se console,
Quand on obtient de vous le tendre sentiment
　　　Dont mon bouquet est le symbole.

242. 　　Quand du jeune objet que l'on aime
　　　L'on obtient un tendre retour,
　　　On goûte le bonheur suprême.
　　　L'amitié ne vaut pas l'amour.

Mais quand l'amour léger s'envole,
Tout son prestige est oublié ;
Rien ne nous semble plus frivole :
L'amour ne vaut pas l'amitié.

Il est passé ce temps d'ivresse
Où je disais cent fois le jour,
Subjugué par une maîtresse :
« L'amitié ne vaut pas l'amour. »
Ami, c'est aujourd'hui ta fête,
Je suis plus heureux de moitié,
Et le verre en main je répète :
L'amour ne vaut pas l'amitié.

———

243. La seule fleur que nous ayons ici,
La violette est peu de chose ;
Si nous étions à Salency,
Tout d'une voix pour vous serait la rose.

———

244. De fleurs nouvelles chaque jour
Si je viens parer ce que j'aime,
De tes qualités tour à tour
C'est que j'y trouve quelque emblème.

Ainsi le lis peint ta candeur,
La rose, ta beauté naïve ;
Quand je retrouve ta pudeur
Dans la modeste sensitive.

---

245. Il est passé le temps qu'amour m'aidait
A composer un bouquet pour ta fête ;
Car maintenant est sorti de ma tête
Le Dieu fripon qui lui seul me guidait.
Il me faut donc d'autre sorte m'y prendre :
A son défaut l'amitié fournira
Parfum moins vif et coloris moins tendre ;
Mais le bouquet à jamais durera.

---

246. Comme tribut de vœux sincères,
Agréez ces faibles couplets,
L'esprit certes n'y brille guères,
Car le cœur en fait seul les frais.
J'en suis à mon apprentissage
Dans l'art de faire une chanson ;
Mais dans celui d'aimer, je gage
N'avoir pas besoin de leçon.

15*

Fragiles fleurs de poésie
Sont au bouquet du sentiment,
Comme l'éclair de la saillie
Au bonheur qu'on goûte en s'aimant.
Muse, tes ornemens frivoles
Pourraient déparer ma chanson :
Le cœur me dicte les paroles ;
Le cœur me fait seul la leçon.

Quels vers auraient assez de grâce
Pour bien célébrer tant d'attraits,
Tant de vertus que rien n'efface,
Tant d'amitié, tant de bienfaits !
Je pourrais gâter mon ouvrage
En les groupant dans ma chanson ;
Mais pour les bien sentir, je gage,
Nul ne me ferait la leçon.

———————

247.   Peuplier dont les rameaux verts
Se dépouillent au moindre orage,
Je ne profane point mes vers
A chanter ta feuille volage.
J'aime bien mieux les goûts constans
Des lierres, des chèvrefeuilles ;

S'ils s'attachent, c'est pour long-temps :
Pour emblème je prends leurs feuilles.

Chacun a sa feuille ou sa fleur :
Le pampre sied à la folie,
Le laurier au triomphateur,
Le saule à la mélancolie
Et le figuier à la pudeur,
Qui sous ses rameaux se recueille ;
Le myrthe suffit au bonheur ;
Ah! le myrthe sera ma feuille.

La feuille peut encor m'offrir
Une comparaison que j'aime :
J'y retrouve un doux souvenir
Du jour de mon bonheur suprême.
Je t'exprimais ma vive ardeur :
Un banc de gazon nous recueille,
Et je sens battre sur mon cœur
Le tien tremblant comme la feuille.

De cet instant délicieux
Ton effroi même accrut l'ivresse ;
Je ne sais quel charme à mes yeux
T'embellissait de ta faiblesse.

Tes lèvres avaient le carmin
Des roses que Zéphir effeuille,
Et de ces roses, sur ton sein,
Je crus voir encore une feuille.

O bonheur ! de mon âge d'or
Prolonge la douce influence,
Que ton souvenir soit encor
Aussi pur que ta jouissance !
Nul trouble n'agite le cœur
Où ton image se recueille,
Tu sais en bannir la douleur
Comme le vent chasse la feuille.

---

248. Vous eutes tous les dons sans en être plus fière,
Raison, grâces, beauté, rien ne vous manque; rien!
Qui connaît votre esprit vous admire et s'éclaire,
Qui connaît votre cœur ne peut garder le sien.

---

249. Vainement un proverbe assure
Que les absens ont toujours tort,
Si l'Amour est souvent parjure,
L'Amitié n'a pas même sort.

Une absence des plus cruelles
Vient troubler nos plaisirs si doux ;
Mais l'Amitié n'aura des ailes
Que pour vous ramener vers nous.

———————

250.   Qu'avec magnificence
Flore m'offre ses fleurs
Pour fêter l'opulence
Ou l'éclat des grandeurs ;
Je fais la sourde oreille,
Je suis comme endormi ;
Mais soudain je m'éveille
Pour fêter un ami.

Que l'ingrate fortune,
Se riant de mes maux,
De sa vieille rancune
M'accable à tous propos ;
Contre sa persistance
Mon cœur est affermi,
Et j'en ris quand je pense
Qu'il me reste un ami.

Le fils de Cythérée,
Pour me dicter des lois,

De sa flèche acérée
Me blessa maintes fois.
Sous ses pesantes chaînes
J'ai trop long-temps gémi :
Je puis verser mes peines
Dans le sein d'un ami.

Si quelque maladie
Vient s'attaquer à moi,
Tout en aimant la vie,
J'en ressens peu d'effroi.
Du danger pour moi-même
Je n'ai jamais frémi,
Quand ma crainte est extrême
Pour les jours d'un ami.

Mais ici je m'arrête :
Sais-je ce que je fais,
A te rompre la tête
De ces méchants couplets !
Pourtant j'ai l'espérance
Qu'ils pourront être admis :
Je connais l'indulgence
Du meilleur des amis.

251.
Je cherchais dans un parterre
Quelque fleur digne de vous,
Un arbuste solitaire
Semble s'offrir à mes coups;
Il me dit dans son langage :
« Je suis le myrthe amoureux,
» Ce n'est que sous mon feuillage
» Qu'un jeune cœur est heureux.

» Mon immortelle verdure
» Embellit tout l'univers,
» Lui prêtant une parure
» Que respectent les hivers.
» Du printemps je suis l'image :
» Choisis le myrthe amoureux !
» Ce n'est que sous son feuillage
» Qu'un jeune cœur est heureux.

» Sous mon ombrage des belles
» Je conserve les attraits,
» L'amour qu'on y prend pour elles
» Ne doit s'éteindre jamais.
» Des sermens je suis le gage,
» Et, foi de myrthe amoureux,
» Ce n'est que sous mon feuillage
» Que deux amans sont heureux. »

C'en est fait : mon choix s'arrête
Sur le gentil arbrisseau,
Et soudain ma main discrète
En détache ce rameau.
Accueillez ce faible hommage
Au nom du myrthe amoureux,
Et sous son charmant feuillage,
Jeune cœur, soyez heureux.

---

252. Quand un vieil amant des Neuf Sœurs
Vous offre aujourd'hui pour étrennes
Cette eau que l'art dérobe aux fleurs,
Le pauvre diable perd ses peines.
A quoi donc songe-t-il ? ô ciel !
Le trait sent un peu l'ellébore :
C'est à l'abeille offrir le miel ;
C'est porter des bouquets à Flore.

Sais-je même ce que je dis
En vous comparant à l'abeille ?
Ah ! pour rappeler mes esprits,
Grondez ma muse qui sommeille.
L'abeille puise son trésor
Sur des fleurs récemment écloses ;

Votre pinceau (1) fait plus encor,
Il donne la naissance aux roses.

253.   Au bon temps de l'ancienne Grèce,
Un usage encore admiré
Prescrivait qu'à chaque déesse
Un arbuste fût consacré.
Le myrthe échut à la plus belle,
A la plus sage l'olivier,
Le pin fut le lot de Cybèle,
Diane obtint le coudrier.

Enfant gâté de la nature,
Un arbrisseau montre en tous temps
Des fleurs, des fruits, de la verdure,
L'été, l'automne, le printemps.
Il fut gardé pour apanage
A celle en qui l'on trouverait
Uni, par un rare assemblage,
Ce qu'en Olympe on admirait.

_____

(1) Ce bouquet peut être offert à une dame artiste ou simplement amateur.

Dans le mythe où l'on nous explique
Les traits de chaque déité,
L'une est belle, mais impudique;
L'autre sage; mais sans beauté;
Pour obtenir l'arbre, une d'elles
Devait joindre en toute saison
A l'éclat des roses nouvelles
L'esprit, les grâces, la raison.

Junon, Vénus, Minerve, Aurore,
N'étaient pas cette déité,
Et sans nul patronage encore
Jusqu'ici l'arbre était resté.
Je découvre, aux bords de la Seine
Celle qui doit le protéger :
Près de vous son destin l'amène;
Pour vous seule a crû l'oranger.

————————

254. Tout décliné dans la nature :
Nous voyons la plus belle fleur,
Malgré les soins de la culture,
Perdre son parfum, sa couleur;
Ma voix aussi n'est plus la même,
En vain je voudrais m'en flatter;

Mais, pour prouver que je vous aime,
J'ai toujours le don de chanter.

---

255. Si je savais tourner avec adresse,
Pour te fêter, quelques jolis couplets,
Je chanterais ton esprit, ta sagesse,
Ta voix si douce et tes divins attraits;
Je montrerais voltigeant sur tes traces
Les ris, les jeux; mais je sens à mon tour
Que pour chanter la plus pure des Grâces,
On a besoin de la lyre d'Amour.

256. Voilà bien la fleur qu'à ta fête
De t'offrir tout me fait la loi :
Image la moins imparfaite
De tout ce que j'admire en toi,
Par zéphir la rose embellie
Obtient, dans l'empire des fleurs,
Le rang que toi, femme accomplie,
Tu sais tenir dans tous les cœurs.

~~~~~~

§ 3. *Pour diverses personnes ou circonstances, à volonté.*

257.　　　De ces pensées
Daignez agréez le cadeau :
Par vos soins souvent arrosées,
Je réponds d'un éclat nouveau
　　　Pour mes pensées.

De mes pensées
Nuit et jour vous êtes l'objet ;
A vous elles sont adressées ,
Vous seule faites le sujet
　　　De mes pensées.

Par vos pensées ,
Hélas ! il faut en convenir,
Les miennes seront éclipsées :
Elle voulaient pourtant s'unir
　　　A vos pensées.

Quand ces pensées
Auront perdu de leur fraîcheur,

L'excès de vos bontés passées
Fera toujours naître en mon cœur
Douces pensées.

---

258. Du froid janvier voici la renaissance ;
Mais l'an qui meurt et l'an qui rajeunit
N'y sauraient faire aucune différence :
Qui vous aime quand l'un finit,
Vous aime quand l'autre commence.

---

259. Pour bouquet souffrez qu'on vous donne
Ce diadème tout de fleurs :
Ne doit-on pas une couronne
A qui règne sur tous les cœurs ?

---

260. Le printemps nous donne des fleurs ;
L'automne apporte l'abondance.
L'un enchante et ravit les cœurs ,
L'autre invite à la jouissance.
Mais en revenant tous les ans ,
Votre aimable fête nous donne

16*

, Les jeux et les fleurs du printemps,
Les fruits et les jeux de l'automne.

---

261. Je désirais à votre fête
Pouvoir vous offrir une fleur,
Comme un symbole, un interprète
De ma vive et sincère ardeur.
Mais las ! une fleur passagère,
Dont l'eclat ne dure qu'un jour,
Est une esquisse bien légère
De la constance, de l'amour.

---

262. Sortant des mains de la nature,
Cette fleur sans apprêt, sans art,
Est bien la naïve peinture
D'un cœur sans détour et sans fard.
De l'amitié ce faible hommage
A te plaire a-t-il quelques droits ?
J'ose en accepter le présage,
Et je m'applaudis de mon choix.

---

263. Le sentiment peut égaler,
Quoi qu'on dise, le talent même ;
Est-il besoin de bien parler
Pour faire entendre que l'on aime ?
Puissé-je en ce jour de bonheur,
A défaut d'un accent qui touche,
Vous prouver du moins que mon cœur
Parle pour vous mieux que ma bouche !

———

264. Au jour du nouvel an, quand d'un usage antique
Le cérémonial vient troubler la douceur ;
Quand, par un lâche abus, souvent la politique
S'offre à des yeux trompés pour tendresse de cœur,
Ne confonds pas mes vœux parmi ceux du vulgaire :
Mon hommage pour toi, timide, mais sincère,
Est le tribut d'un cœur tendre et reconnaissant,
Qui pour de l'or jamais ne donna du clinquant.
Dès mon berceau, guidé par la simple nature,
Pour toi je ressentis une affection pure ;
La raison chaque jour, par son divin flambeau,
A ce vif sentiment prête un éclat nouveau,
Et le fera durer à l'égal de ma vie.
Que le ciel, exauçant un cœur digne du tien,

T'accorde de beaux jours une longue série !
En faisant ton bonheur, il aura fait le mien.

———

265.   Extrême est la différence
Entre vouloir et pouvoir :
J'accourais dans l'espérance
De bien remplir un devoir ;
    Mais on fait ce qu'on peut,
Quand un nouvel an commence ;
    On fait ce que l'on peut...
Et non pas ce que l'on veut.

J'espérais de fleurs nouvelles
Former un joli bouquet,
Joindre aux roses les plus belles
Et le jasmin et l'œillet ;
    Mais on fait ce qu'on peut :
Je n'ai que ces immortelles ;
    On fait ce que l'on peut...
Et non pas ce que l'on veut.

Je voulais pour votre fête
Faire un joli compliment ;

Mais toujours la rime arrête
En chemin le sentiment :
   On fait ce que l'on peut,
Quand on n'est pas né poëte ;
   On fait ce que l'on peut,
Et non pas ce que l'on veut.

———

266.   Pardonne à mon faible génie,
S'il n'a produit rien de flatteur :
Dans le couplet qu'il te dédie
Vois non le talent, mais le cœur.
Accueille cette bagatelle
Avec un sourire indulgent...
    R'r'r'li, r'r'r'lan !!!
En bon français cela s'appelle
    Un compliment
    Tambour battant.

———

267.   Ces fleurs n'ont pour briller qu'un temps,
C'est un éclat qu'un souffle emporte ;
Mais l'amitié que je vous porte
Sera toujours dans son printemps.

———

268. Je n'aurai pas, suivant l'usage,
      Recours à ces sots complimens
      Dont l'emphatique et faux langage
      Sourit aux cœurs indifférens.
      Le Dieu des vers pour votre fête
      Vainement me tiendrait rigueur ;
      Ce que me refuse ma tête
      Je sais le trouver dans mon cœur.

      Quand pour vous chacun fait entendre
      Jolis couplets, aimables airs,
      Peut-être ai-je tort de prétendre
      Mêler ma voix à ces concerts ;
      Mais, plein de la commune ivresse,
      Mon cœur n'est-il pas de moitié
      Dans cette lutte enchanteresse
      Entre l'amour et l'amitié?

      ———————

269. Si j'ose à mon tour vous chanter,
      Ne m'accusez point de folie :
      C'en est une de le tenter
      Sans l'heureux secours du génie :
      Mais un léger écart d'esprit
      Ne mérite pas qu'on le fronde,

Qnand surtout la chanson ne dit
Que ce que pense tout le monde.

Si je chante votre bon cœur,
Votre esprit, votre bienfaisance,
Votre gaîté, votre douceur,
Vos talens et votre indulgence ;
De toutes parts on m'applaudit,
On m'encourage, on me seconde :
Vous le voyez, je n'ai rien dit
Que n'eût pu dire tout le monde.

Si rien, dans mes faibles essais,
Ne sent l'*influence secrète*,
Je puis du moins, par des souhaits,
Mieux terminer ma chansonnette.
Que chez vous, d'un accord heureux,
Biens, honneurs, santé, tout abonde..!!
Mais qu'ai-je dit ? pour vous mes vœux
Sont encor ceux de tout le monde.

~~~~~~

§ 4. *Pour un mariage, la fête d'une épouse, d'un époux, etc.*

270.   C'en est donc fait ! ma destinée
Vient de se fixer aujourd'hui :
Pour subir le joug d'hyménée,
C'est de grand cœur que j'ai dit : *oui*.
Je n'ai pas l'heureux avantage
De lire au sein de l'avenir ;
Mais, par ma faute, aucun nuage
Ne viendra jamais le ternir.

Quand pour suivre un époux bien tendre,
Je quitte de si bons parens,
Je puis chaque jour en attendre
L'amour, les soins les plus touchans.
Mais je ne suis pas exigeante ;
Je ne veux point dicter de lois,
Tant qu'il ne verra qu'une amante
Dans la compagne de son choix.

Vous dont la douce bienveillance
Sut amener ces doux momens,

De ma vive reconnaissance
Recevez les remercîmens.
A fin de voir un bon ménage,
Si vous avez formé ces nœuds,
A bien remplir ce but si sage
Nous allons travailler tous deux.

---

271. Entre Hymen et le Dieu d'amour
Rarement on voit la concorde.
Votre union en ce beau jour
Fait que l'un à l'autre s'accorde.
De son frère, en faveur de vous,
L'amour allégera les chaînes :
Le bon accord de deux époux
Change en plaisirs même les peines.

Savourez long-temps la douceur
Que vous promet cet hyménée ;
Puissiez-vous voir votre bonheur
S'accroître d'année en année !
Mais, pour qu'elle soit de moitié
Dans le tableau qu'elle vous trace,
Qu'au fond de vos cœurs l'amitié
Conserve toujours quelque place !

17

272. Nous voici donc au rendez-vous
Pour y chanter, selon l'usage,
Le vrai modèle des époux,
Et des épouses la plus sage !
Vous qui, taxant tout de chanson,
Traitez l'hymen heureux de fable,
Venez ici prendre leçon ,
Et vous le trouverez aimable.

D'un côté vous verrez d'abord
La bonté qu'au siècle où nous sommes,
Siècle pourtant vanté si fort,
On rencontre peu chez les hommes.
De l'autre cette égalité
Dans l'humeur, dans le caractère,
Qui, plus encor que la beauté ,
Est pour la femme l'art de plaire.

Voulez-vous, comme eux, sans retour,
Fixer le bonheur en ménage ?
Que la raison guide l'amour;
Que votre choix soit leur ouvrage !
Vous qui taxez tout de chanson,
Vous pour qui l'amour a des ailes,
Venez ici prendre leçon.....
Et vous m'en direz des nouvelles.

273. Qu'on en dise ce qu'on voudra !
Tous les ans je fête ma femme.
J'en appelle à qui la verra
Contre l'étourdi qui me blâme.
Qu'importe l'hiver, le printemps ;
Qu'importe la course du temps ?
Compter avec lui c'est folie.
J'ai les mêmes yeux qu'à vingt ans ;
Elle est pour moi la plus jolie.

Du temps qui détruit la beauté
Sur elle on ne voit point de traces ;
Il semble même, en vérité,
L'embellir, lui donner des grâces.
C'est toujours le même minois,
Je la trouve comme autrefois,
Piquante et bonne, alerte, affable ;
Comme je la vis, je la vois ;
Elle est pour moi la plus aimable.

———————

274. Deux cœurs qu'Amour a su séduire
N'en ont d'abord que les désirs :
Le jour d'hymen vient-il à luire,
Avec lui naissent les plaisirs.

D'une ardeur secrète
L'âme satisfaite
S'anime en ce jour ;
Le cœur soupire et la bouche répète :
Vive l'Hymen, vive l'Amour !

Un bonheur pur et sans nuage,
Des jours sereins, un sort charmant,
Époux, voila votre partage :
L'estime en est le sûr garant.
Union parfaite !
L'âme est satisfaite ;
Aussi, tour à tour,
A mon exemple ici chacun répète :
Vive l'Hymen, vive l'Amour !

_____

275. Vous qui venez à l'hyménée
De consacrer vos plus beaux jours,
De cette union fortunée
Voulez-vous embellir le cours ?
L'un de l'autre soyez l'idole,
Même après l'âge des désirs,
Et, pour vous, le temps qui s'envole
N'amènera que des plaisirs.

Il est un bonheur en ce monde,
Des mortels, hélas! peu connu;
Sa base est l'amour qui se fonde
Sur l'estime et sur la vertu.
Assurés pour la vie entière
D'un bonheur si pur, si caché,
Vous direz comme le lierre :
« Je meurs où je suis attaché. »

Couple intéressant et fidèle,
C'est par ces nobles sentimens
Que vous deviendrez le modèle
Des époux dignes d'être amans.
Des jaloux ignorant les peines,
La paix régnera dans vos cœurs.
L'Hymen vous a donné des chaînes;
L'Amour les couvrira de fleurs.

———

276.   Quand l'Hymen engage ton cœur,
Timide au sein du bonheur même,
Tu voudrais cacher ta rougeur
A l'époux qui te plaît, qui t'aime:
Ces bras pour toi près de s'ouvrir
Alarment-ils ta modestie?

Ah ! viens avant te recueillir
Au sein de ta meilleure amie !

Par goût autant que par devoir,
Partageant sa vive tendresse,
Quoique soumise à son pouvoir,
Tu seras toujours sa maîtresse.
Ne crains pas une autorité
Que sait désarmer un sourire :
Partout où règne la beauté,
L'Amour seul fixe son empire.

Si le temps altère tes traits,
Tu n'auras pas perdu tes armes :
Tu peux, dans de vivans portraits,
Reproduire à ses yeux tes charmes.
Que de liens chers et puissans
L'enchaîneront dans son ménage,
Quand il verra dans ses enfans
Et tes vertus et ton image !

————————

277.　Mon cœur souscrit à tous les vœux
Que pour vous forme la tendresse :

Afin d'être toujours heureux,
Prolongez votre douce ivresse.
Unis des liens les plus doux
L'un à l'autre soyez fidèles :
Que pour s'envoler loin de vous
L'Amour ne trouve plus ses ailes.

278. Nos époux s'aiment tous les deux :
Brûlant d'une flamme commune,
L'hymen en couronnant leurs feux,
De deux âmes n'en fait plus qu'une.
L'Amour par la main du plaisir
Conduit nos amans sur son trône ;
Ce dieu pour offrir sa couronne
Eût-il jamais pu mieux choisir ?

L'Hymen vient appuyé sur l'Amour,
Et ces dieux s'accordent ensemble !
Tous les deux semblent fiers de ce jour
Où même intérêt les rassemble.
L'Amour déchire son bandeau,
Et l'Hymen lui coupe les ailes :
Entre eux plus de guerres nouvelles ;
Ils n'ont plus qu'un même flambeau.

279. A l'heureux choix qu'on me voit faire
Qui pourrait ne pas applaudir ?
Grâces, maintien, talent de plaire,
Tout semble à point s'y réunir.
En unissant nos destinées,
L'Hymen nous comble de faveurs ;
Pour les rendre plus fortunées
L'Amour les jonchera de fleurs.

---

280. Inhabile à te peindre ici
Tout ce qu'un jour si beau m'inspire,
Nos enfans, pour moi, mon ami,
Se chargeront de te le dire :
Tous deux ils semblent t'accueillir
Avec des caresses plus vives.
Pour bouquet pouvais-je t'offrir
Mieux que les fleurs que tu cultives ?

Tendrement s'aimer entre époux
Passe maintenant pour folie ;
En tout temps ce travers si doux
Fera le charme de ma vie.

Ton fils, ma fille, chaque jour,
Chez nous opérant ce prodige,
Sans cesse on y verra l'Amour
Voltiger des fleurs à la tige.

———

281. Après tant de vœux, de soupirs,
Quand je perdais toute espérance,
Le ciel enfin à mes désirs
Daigne accorder leur récompense.
Un seul bien manquait à mon cœur :
Le plaisir de te rendre père.
Pour une épouse le bonheur
Date du moment qu'elle est mère.

Toi qui respires dans mon sein,
Toi l'unique bien que j'envie !
Tu vas en fixant mon destin
M'attacher bien plus à la vie.
La crainte trouble mon repos,
Et dans l'attente je soupire ;
Mais j'oublirai soudain mes maux
En voyant ton premier sourire.

O mon ami ! pour l'élever,
Aux premiers jours de son enfance,
Je devrai parfois me priver
Du doux plaisir de ta présence.
Ne vois pas d'un œil mécontent
Les soins de ma tendresse extrême :
Être jaloux de ton enfant,
Ce serait l'être de toi-même.

---

282. Au plaisir donnons tout ce jour :
Aimons, embrassons-nous sans cesse ;
Songe bien que chez nous l'Amour
Ne doit mourir que de vieillesse.
Tu fais tout pour me rendre heureux ;
Je n'aime que toi dans la vie :
Pourrais-je encor former des vœux
Quand j'ai ma femme pour amie ?

Si par hasard quelques débats
Ont pu troubler notre ménage,
De mon cœur, tu t'en souviendras,
Jamais ils n'ont été l'ouvrage.

J'eusse bien loin voulu bannir
Tout ce qui peut troubler ta vie :
Au monde rien ne fait souffrir.
Comme d'affliger son amie.

Un enfant vient nous caresser ;
Pour nous c'est une jouissance :
Comme il sait nous intéresser
Par ses jeux, par son innocence !
Mais que cet intérêt est grand ;
Comme il nous fait chérir la vie,
Quand la mère de cet enfant
Est notre femme, notre amie !

De talens, d'attraits, de vertus,
Chaque jour te voit plus brillante;
Épouse , je t'aime encor plus
Que je ne crus t'aimer amante.
Ensemble au pays des amours
Ainsi voguant toute la vie,
Heureux celui qui peut toujours
Dans sa femme voir une amie !

283. Ah! qu'il est doux de fêter ce qu'on aime!
C'est pour le cœur
Un plaisir bien flatteur
De lui peindre l'ardeur
D'une tendresse extrême;
Mais lorsque son objet
Est un époux qui plaît,
Ah! qu'il est doux de fêter ce qu'on aime!

De mes transports qu'un baiser soit le gage!
Prends ce bouquet,
L'amour pour toi l'a fait :
Il est sans nul apprêt
Ainsi que mon hommage ;
Mais, où le cœur suffit ,
Qu'est-il besoin d'esprit?
Sur lui le cœur a toujours l'avantage.

———————

284. Pour un mariage
Toujours c'est l'usage
De chanter quelques couplets;
Aussi les miens sont-ils prêts
Pour ton mariage.

Dans le mariage,
Mon ami, sois sage :
« En n'écoutant que ton cœur
Tu trouveras le bonheur
Dans le mariage.

Dans le mariage,
Lorsque l'on s'engage,
Pour s'en promettre du fruit,
Faut travailler jour et nuit,
Dans le mariage.

Dans le mariage,
S il faut du courage,
Par goût plus que par devoir
Notre ami doit en avoir
Dans le mariage.

---

285. Tout ici rappelle à mon cœur
Le jour où le Dieu d'hyménée,
Pour préluder à mon bonheur,
Vint unir notre destinée.

18

'Oui , depuis cet instant si doux ,
Ma félicité fut parfaite ;
Car, pour moi , près de mon époux ,
Chaque jour est un jour de fête.

---

286.   Pour toi , ma fille , en ce beau jour,
S'ouvre une nouvelle existence :
Dans ces nœuds tissus par l'Amour
J'ai mis ma plus chère espérance.
Oui, l'avenir de ce lien
Doit être doublement prospère :
Ma fille , en assurant le tien ,
Il fait le bonheur de ta mère.

Afin que l'époux de ton choix
Te donne des jours sans nuage ,
Que ses désirs fassent tes lois :
C'est tout le secret du ménage.
Recherche ses goûts , son humeur ;
Que sa famille te soit chère :
Ma fille, en faisant leur bonheur,
Paîra la dette de sa mère.

---

287. Hymen est le plus grand des dieux,
  Lorsque la sympathie
De son attrait délicieux
  Embellit notre vie ;
Loin d'éteindre alors les désirs,
  De fleurs couvrant ses chaînes,
Il rend plus parfaits les plaisirs,
  Plus légères les peines.

Chers enfans ! un destin si doux
  Sera votre partage :
D'amans vous devenez époux ;
  Que faut-il davantage ?
Chez vous toujours, afin de voir
  Se succéder les fêtes,
Tout le secret est de savoir
  Rester ce que vous êtes.

———

288. La politique, ennuyeux rêve,
  Est bonne à troubler les cerveaux :
  Qu'importent de Mahmoud le glaive
  Et les projets tombés dans l'eau ?

Qu'importe la vieille Angleterre
Remise aux mains de Wellington?
Il s'agit ici de Cythère;
Or, en voici le feuilleton :

On sait que depuis mainte année
(De quel côté viennent les torts?)
Entre l'Amour et l'Hyménée
Il régnait de fâcheux discords ;
De votre prochaine alliance
A peine ont-ils su les apprêts,
Qu'oubliant chacun leur offense
Ils ont vite signé la paix.

C'est peu d'avoir ces dieux propices :
Pour cimenter votre union ,
Vous la formez sous les auspices
De la vertu, de la raison;
Ses douceurs seront éternelles,
N'en avons-nous pas pour garans,
Ici les grâces naturelles,
Là le mérite et les talens.?

289. Abandonnez Cythère
Et ses bosquets chéris,
Des enfans de Cypris
Troupe aimable et légère !
　　Accourez tous
　　Et parez-vous
De guirlandes nouvelles.
Venez des plaisirs les plus doux
Enivrer ces jeunes époux,
Et pour les cacher aux jaloux
　　Couvrez-les de vos ailes.

La Pudeur qui s'alarme
Retarde le bonheur ;
Que l'Amour soit vainqueur,
Que l'Amour la désarme !
　　Jeune beauté ,
　　Tant de fierté
N'est plus guère d'usage.
Cédez, cédez, et sans rougir,
Livrez-vous au tendre désir :
On peut connaître le plaisir,
　　Sans cesser d'être sage.

Chantons, chantons la gloire
De l'Amour triomphant !
La Pudeur en tremblant
Lui cède la victoire :
Objet charmant,
Heureux amant !
Quand la brillante Aurore,
De Titon quittant le séjour,
Ouvrira les portes du jour,
Tous deux dans les bras de l'Amour
Qu'elle vous trouve encore !

---

290. Jeunes époux, toujours amans,
Sachez prolonger votre ivresse ;
Loin de l'éteindre , que le temps
Augmente encor votre tendresse.
Quand vous serez sur le retour
Vous en connaîtrez l'avantage :
Les vertus, l'estime , l'amour,
Voilà les vrais biens en ménage.

---

291. Bonheur et gloire à notre ami !
    D'un garçon il est père :
Dam ! ce n'est jamais à demi
    Que le gaillard opère.
Avec sa piquante moitié
    Employant bien ses veilles ,
Pour faire chanter l'amitié
    Il a fait des merveilles.

Il nous faut boire au nouveau-né,
    A madame sa mère ,
A ce papa si fortuné ,
    A son joyeux beau-père ,
Quand nous aurons bu coup sur coup ,
    Amis , on peut m'en croire ,
Nous chanterons bien et beaucoup ;
    Pour chanter il faut boire.

---

292.   Ici l'allégresse
    Donne , à l'unisson , -
       Le ton :
    Quelle douce ivresse !
    C'est un gros garçon !!

Tout bas , en famille ,
L'on disait hier :
N'est-ce qu'une fille ?
Aujourd'hui, l'œil fier ,

Ici l'allégresse , etc.

L'amour n'y voit goutte :
Avec de bons yeux ,
Cependant je doute
Qu'il pût faire mieux.

Ici l'allégresse , etc.

A vingt ans , pour plaire ,
Le luron joindra
Aux traits de la mère
L'esprit du papa.

Ici l'allégresse
Donne, à l'unisson,
    Le ton :
Quelle douce ivresse !
C'est un gros garçon !!

FIN DES BOUQUETS ET COMPLIMENS.

PETIT
SECRÉTAIRE,

ou

MODÈLES DE LETTRES

A L'USAGE

DE L'ENFANCE, DE L'ADOLESCENCE, ETC.

———

Envoi d'une exemple d'écriture.

Mon cher papa,

Daigne recevoir pour étrennes une page de mon écriture. Elle est toute composée des mots *je t'aime*, répétés presque autant de fois que je voudrais te les dire moi-même. Gravés comme ils le sont dans mon cœur, ils étaient les seuls que je pusse tracer à peu près lisiblement. J'espère bien à pareille époque, l'année prochaine, t'adresser une lettre entièrement de ma main.

Reçois en attendant, mon cher papa, l'assurance du profond respect et de la tendresse,

Avec lesquels je suis pour la vie, etc. (1).

Réclamation d'un congé en famille.

Mon cher papa et ma chère maman !

Aujourd'hui même..... (*mettre le jour et la date*) je suis LE PREMIER DE MA CLASSE !!! C'est un bonheur, c'est un honneur qui me feront, je crois, tourner la tête. Oh ! j'ai joliment travaillé pour le devenir, et, ce qu'il y a de mieux, j'y ai réussi ! Vous le dirai-je, papa, maman ? l'émulation y est bien pour quelque chose ; mais ce qui me stimulait surtout, c'est la promesse que vous m'avez faite de m'envoyer chercher le dimanche qui suivrait mon triomphe. Eh bien ! nous y voilà :

---

(1) Nous abrégeons cette formule, et nous n'en placerons même pas au bas des lettres suivantes, persuadés qu'il sera plus utile à nos jeunes amis de multiplier pour eux, autant que possible, ces Modèles de correspondance, que de faire occuper leur place par des protestations d'amour et de respect dont le sentiment est au fond de leur cœur.

c'est..... (*tel jour*) dimanche ; donc je vous somme de votre parole , ou plutôt je vous prie très-humblement de la tenir et de m'envoyer chercher par mon bon ami..... (*mettre le nom de l'ami*). Je serai si content , si heureux de vous embrasser, d'embrasser mon frère , mes sœurs ; ah ! que n'est-ce aujourd'hui dimanche ! .

Intercession réclamée d'une sœur.

Ma chère petite sœur,

Ton frère , qui t'aime tant , s'adresse à toi pour obtenir de maman la permission d'aller passer à la maison les fêtes de..... (*désigner le nom des fêtes*). Je sens bien que je n'aurais pas à la solliciter, cette permission , si je n'avais pas fait de sottises ; mais que veux-tu ? je ne sais quel démon s'était emparé de moi, j'ai commis faute sur faute, et me voilà en retenue ; et notre régent aura écrit tout cela à maman, qui m'y laissera si ma bonne petite sœur ne vient pas à mon secours. Tu es si obligeante , si raisonnable surtout ! Oh ! prie pour moi ! vingt fois tu as obtenu ma grâce ; obtiens-la encore ! Dis à maman que je ne ferai plus de bruit quand elle se sentira indisposée ; que je ne prendrai plus ses rubans pour faire des oreilles à mon cerf-volant, son fil pour l'enlever ; que je ne ferai plus enrager ma bonne ; enfin tout ce que tu croiras propre à la désarmer.

Adieu ! je t'embrasse de tout mon cœur, car je t'aime comme une seconde maman, ou plutôt comme ce que tu es, une excellente sœur.

Préparatifs pour la fête d'un instituteur.

Ma chère maman,

C'est dans huit jours la fête de notre maître. Tous mes camarades, qui ont de l'argent, se cotissent pour lui faire un joli cadeau ; les OEuvres magnifiquement reliées de..... (*le nom de l'auteur ou seulement celui de l'ouvrage*) ; ils ont calculé qu'en mettaut chacun quatre à cinq francs à la masse, on réunirait facilement la somme nécessaire. Je sens comme les autres le bon emploi de ces quatre ou cinq francs ; mais, méchant économe que je suis, il ne me reste rien de tout ce que tu as eu la bonté de m'envoyer pour mes menus plaisirs. Je ne voudrais pourtant pas me trouver en affront dans une pareille circonstance. Si cette fois ma bonne petite maman daignait venir à mon secours, ma reconnaissance égalerait sa bonté pour moi.

Excuse d'une prolongation d'absence.

Maman,

N'en veuille pas à ta fille si elle abuse un peu de la permission que tu lui as accordée. Tu m'avais donné quinze jours de vacances et en voilà bientôt vingt que je suis absente. Ce n'est pas ma faute, va : j'ai eu grand soin de rappeler à ma cousine l'époque fixée ; mais n'ayant point d'occasion pour me renvoyer, elle m'a tant priée de rester encore ; et puis l'on est si bien chez elle ! Ce n'est pourtant pas sans remords que je t'ai manqué de parole. Depuis l'arrivée du jour convenu, je m'amuse encore ici ; mais c'est avec moins d'abandon, moins de jouissance. Enfin une dame de l'endroit part demain ; ma cousine me confie à elle, et après demain soir j'espère bien avoir le plaisir de me retrouver auprès de toi pour ne te plus quitter de long-temps.

19

Recours à l'intervention maternelle.

Au secours, Maman ! sans toi je suis perdu, deshonoré ! Pour aller chercher ma balle tombée dans le jardin, j'ai fait la sottise d'escalader la grille, et quoiqu'un maître de quartier déclarât m'avoir vu, j'ai soutenu que ce n'était pas moi. Malheureusement, ma casquette restée dans le jardin n'a que trop confirmé la déposition du *chien de cour*. Pour ma première faute il ne me serait revenu qu'un bon *pensum*, et peut-être une *retenue* ; mais notre maître qui n'entend pas raillerie sur l'article du mensonge a prononcé contre moi la peine du plus humiliant des châtimens. Viens vite, maman, je t'en conjure, viens demander ma grâce. Je te promets de me corriger pour la vie de ce vilain défaut, et d'avoir désormais pour le mensonge autant d'aversion que je ressens pour toi de respect et d'amour.

Projets à l'occasion des vacances.

Mon cher papa,

Tu n'as pas oublié, ni moi non plus, ta promesse pour le temps des vacances, si j'avais le bonheur d'obtenir un prix : je ne l'ai pas encore parce que la composition n'est pas faite; mais c'est jeudi prochain la distribution, et j'aurai bien du guignon si je n'en accroche pas un ; car je m'applique, Dieu sait! et j'y mettrai tout mon savoir faire. Aie donc la bonté de faire en conséquence tes petites dispositions, comme moi les miennes. Je serai bien sage, va ; j'aurai avec moi mon dictionnaire et mes classiques : j'étudierai deux grandes heures par jour! Un de mes camarades m'a inspiré le goût de la botanique; dans nos récréations, au lieu de jouer aux barres, au cheval fondu, à la balle, nous herborisons. Tu verras les jolies fleurs que j'ai dessinées ! Ce goût simple me suivra à la campagne; je me léverai avant le jour; je parcourrai les forêts, les montagnes; j'herboriserai tant et plus, et, à la rentrée, mon ami sera ébloui de la magnificence de ma collection.

Récit du voyage d'une petite fille.

Ma chère cousine,

Me voilà enfin à Reims, et je m'empresse de t'écrire selon ma promesse. Nous voyagions, comme tu le sais, à petites journées ; à pied quand il faisait beau, et alors nous sautions, nous courions, nous cueillions les fleurs qui bordent la route ; en voiture, quand nous étions las ou forcés par le mauvais temps de nous mettre à couvert. A Villers-Cotterets, où se tenait une foire, j'ai acheté un jeu de quilles pour mon petit Alphonse, un pantin pour Eugène, un joli ménage pour Louise, et un petit balai pour ma bonne. Tu vois que j'ai pensé à tout le monde. Arrivés à Soissons la veille des vendanges, nous y avons passé deux jours. J'ai vu ces bons vendangeurs se rendant gaiement à la vigne ; y coupant à l'envi les grappes ; mettant à sec, à midi, leurs immenses gamelles d'une soupe aux choux dont le fumet suffit pour exciter l'appétit. Mais c'est le soir qu'on s'amuse, qu'on chante, qu'on danse en tournant la roue du pressoir, en goûtant le vin doux ! Il a pourtant fallu quitter tout cela pour achever notre voyage. Qu'on ne me parle plus des pâtissiers de Paris ! Les simples boulangers de Reims lés laissent bien loin derrière. C'est chez eux que se font le bon pain d'épice et les nonnettes que je t'envoie ; les fins biscuits que je te prie d'offrir de ma part à Bonne-Maman. Adieu, cousine ; une autre fois je t'en écrirai davantage.

―――――――

Choix d'un enfant pour ses étrennes.

Monsieur,

Je savais depuis long-temps quelle part j'ai dans votre amitié pour notre famille, et j'en conserverai toujours la plus vive reconnaissance. Il n'est plus le temps où un tambour, un sabre, un jouet quelconque me rendait heureux au jour de l'an. Cette fois, puisque vous m'ordonnez de vous écrire ce que je souhaite pour mes étrennes, je prendrai la liberté de vous désigner les *Métamorphoses d'Ovide* (*ou tout autre ouvrage au gré de l'enfant*). Si ce n'était pas trop cher, j'en aimerais bien une bonne édition. J'ouvrirai ce livre toutes les fois que je penserai à vous. C'est vous dire assez que je l'ouvrirai souvent.

―――――――

19*

Une élève, à celle qui fut son institutrice.

Ma bonne et chère maîtresse,

Quoique privée cette année, par des circonstances qui vous sont trop connues, du plaisir de recevoir vos leçons si douces, si profitables, je n'ai pas oublié que c'est... (*indiquer le jour*) votre fête, et quelles douces émotions elle nous procura l'an dernier, lorsque j'étais encore auprès de vous. Absente, hélas! à mon grand regret, c'est à ma plume que j'ai recours pour vous témoigner toute la reconnaissance, toute l'affection que m'inspire à jamais le souvenir de vos bontés.

———

Un élève enthousiaste du grec.

Mon cher bienfaiteur,

Nous rentrons en classe d'aujourd'hui en huit. Je vous ai fait part de l'enthousiasme qu'a excité parmi nous le discours de notre régent à la distribution des prix. Il y a fait un si grand éloge de la langue grecque qu'il m'a inspiré le plus vif désir de l'apprendre. Selon lui, et tout me porte à le croire, le grec est la clé de toutes les sciences. Botanique, méde-

cine, pharmacie, inventions nouvelles, tous
les arts enfin relèvent du grec ou lui emprun-
tent leurs termes techniques; l'intelligence du
grec est en même temps celle de milliers de
mots français, et révèle les beautés sans nombre
des orateurs et des poëtes qu'altère infaillible-
ment la traduction la plus littérale. C'en était
plus qu'il n'en fallait pour me décider à l'étu-
dier; mais jusqu'ici, retenu par une mauvaise
honte, par la crainte de vous induire en dé-
pense, je n'ai pas osé vous faire connaître ce
nouveau besoin. C'est qu'il s'agit, pour commencer, d'un *Jardin des racines grecques*, d'une
Grammaire de Gail, d'un *Lexicon* de Planche,
sans compter les classiques accessoires que
pourra nous désigner notre professeur. Si toute
cette nomenclature ne vous effraie pas, veuillez
commencer par les trois articles indispensables
que je viens d'indiquer, je les recevrai avec une
vive reconnaissance et comme un nouveau témoignage de l'affection d'un protecteur auquel
je dois le peu que je vaux.

———————

Un neveu, au nom de ses frères et sœurs.

Mon cher oncle et ma chère tante,

Vous nous prodiguez les mêmes soins, les

mêmes bontés qu'avaient pour nous le père et
la mère que nous avons perdus, aussi avons-
nous reporté sur vous toute la tendresse que
nous avions pour eux.

Pleins de reconnaissance pour tant de bienfaits, mon cher oncle, nous tâcherons sans cesse
de nous en rendre dignes. Le ciel ne vous a
point donné d'héritiers de votre nom ; eh bien!
ce nom respecté, nous nous ferons un devoir,
mon frère et moi, d'en soutenir l'honneur, de
le perpétuer en pratiquant vos vertus.

Quant à vous, ma chère tante, c'est dans
mes sœurs que vous trouverez les vivantes co-
pies du plus vénérable modèle. J'ose, en leur
nom, vous promettre qu'elles se feront constamment un devoir d'imiter la conduite, la douceur
et l'amabilité qui vous font chérir de tout ce
qui a le bonheur de vous connaître.

— — — —

Aux approches de la première communion.

Ma chère maman,

C'est de jeudi en huit que se fait la première
communion sur la paroisse où nous conduit
notre bonne maîtresse. J'ai fait tout ce que
j'ai pu pour mériter d'être admise, et madame

m'assure que je suis reconnue digne de la
faire. Tout me dit que c'est la plus sainte
action de la vie; qu'elle décide du reste de
nos jours. Je veux donc m'en acquitter dignement. Je laisse à tes bontés le soin de préparer tout ce qui peut m'être nécessaire pour ce
grand jour; ce que je désire le plus ardemment
c'est que tu prennes la peine de venir toi-même
assister à cette pieuse cérémonie, afin que je
puisse y préluder en me jetant à tes genoux et
en recevant ta bénédiction.

Consolations à un père devenu veuf.

Hélas! c'en est donc fait, mon cher papa!
nous avons perdu, vous la meilleure des épouses, moi la plus tendre des mères! Mes prières,
vos soins, tont a été inutile. Ah! courbons en
silence le front sous la main qui nous frappe.
La religion dans laquelle vous m'avez fait élever
avec tant de soin, cette religion sainte nous
offre ses consolations. Oui, nous irons à notre
tour nous réunir à cette mère chérie. Pour
mériter ce bonheur, je veux mener une conduite irréprochable, et ma première vertu sera
de vous aimer et de vous respecter chaque jour
davantage.

Lettre de bonne année.

Mon cher papa (ou ma chère maman);

La coutume et la bienséance font aux enfans un devoir d'offrir à leurs parens, au renouvellement de l'année, les témoignages de leur reconnaissance et de leur amour. Croyez que je vous écris aujourd'hui, moins pour obéir à l'usage que pour satisfaire au vœu de mon cœur. Pour répondre à toutes vos bontés, je ne me bornerai point à de vains souhaits. Je veux, par un travail assidu, vous dédommager des dépenses que vous cause mon éducation. Je n'ose me flatter de jamais m'acquitter d'une autre manière; mais au moins je tâcherai de me rendre digne de tout ce que vous aurez fait pour moi.

Pour la fête d'un frère.

Mon cher frère,

Après maman, après papa, tu es l'être au monde envers lequel je suis le plus redevable. Je ne sais dans quel poëte je lisais ce vers, il y a quelques jours :

Un frère est un ami donné par la nature;

mais je sens que rien n'est plus véritable. Aussi

t'aimé-je de tout mon cœur et suis-je au déses-
poir aujourd'hui, veille de ta fête, de ne pas
être plus savant pour t'adresser un compliment
qui t'exprime tout ce que je ressens pour toi
d'affection et de reconnaissance.

Adieu, mon frère, je t'embrasse comme je
t'aime.

Une pensionnaire à sa maman.

Ma bonne mère,

Sais-tu bien que demain, à pareille heure,
j'aurai été tout un mois sans te voir; que depuis
le jour où tu m'as amenée ici, je n'ai pas reçu de
tes nouvelles! Que le temps me semble long, ma
chère maman! C'est à présent que je sens combien tu m'es chère, combien m'est nécessaire
ta présence! voici le beau temps : n'en profi-
teras-tu pas pour venir voir ta pauvre.... (*le
nom de la petite*). Je n'ai pas du reste à me
plaindre de mon séjour dans cette maison. Madame a pour moi mille bontés; je trouve une
sœur dans chacune de mes petites compagnes;
mais une mère, où la trouver loin de toi? dans
mon cœur sans doute; ah! cette douce illusion
est bien loin de la vérité.

Sur la maladie du chef de la famille.

Ma chère maman,

Que d'inquiétudes m'inspire ta lettre ! mon père est malade et je ne suis pas là pour aider à tes soins, pour partager tes peines. Non, je ne puis vivre dans l'état où je suis; donne-moi des nouvelles courrier par courrier, et surtout ne me dissimule rien. Vois-tu, maman, si je suis seulement quelques jours sans en recevoir, j'abandonne tout, je m'échappe furtivement, je pars, je marche jour et nuit et j'arrive auprès du lit de notre cher malade. Je veux le veiller à mon tour, essuyer tes larmes, et joindre mes prières aux tiennes pour que le ciel nous conserve un si bon père, un si tendre époux !

Adieu, ma chère maman : je t'en conjure une seconde fois, écris-moi tous les jours, ne fût-ce qu'un mot; ce sera une grande consolation pour mon cœur.

Je t'embrasse comme je t'aime.

Sur la naissance d'un petit frère.

Ma chère maman ,

J'apprends à l'instant que tu viens de me
donner un petit frère, joli comme les amours.
Combien j'ai envie de le voir! comme je l'em-
brasserais si j'étais auprès de toi; que ne sait-il
déjà combien je vais l'aimer! Oh! je t'en prie,
maman! envoie me chercher pour le baptême;
une petite vacance de deux ou trois jours! ce
n'est pas pour la vacance en elle-même, c'est
pour voir ce cher enfant. Je te promets d'être
bien sage, de réparer le temps perdu aussitôt
que je serai retournée à la pension. Déjà mes
petites amies me demandent des dragées,
et je leur en ai promis une ample provision;
tu ne voudrais pas m'obliger à leur manquer de
parole.

Adieu, ma chère maman , porte-toi bien et
tout en soignant mon charmant petit frère, n'oublie pas la tendre fille qui ne vit que pour toi.

A un père pour se plaindre de son silence.

Mon cher papa ,

Se peut-il que je sois sans nouvelles de la
maison depuis que tu m'as amené ici (voilà de

20

cela bientôt trois mois)! Comment te portes-tu ? comment se portent maman, mes sœurs, mon jeune frère? C'est la question que je m'adresse le soir en me mettant au lit, le matin à mon réveil, à tous les momens de la journée que me laissent mes études. Hélas! quoique je me trouve aussi bien ici que l'on puisse être loin de ses parens, je ne m'aperçois que trop de l'absence des miens. Je t'en prie, écris-moi le plus tôt possible, que je sois sûr que vous êtes tous en bonne santé!

Il t'en souvient, papa, tu m'as promis de m'envoyer chercher aux vacances, si j'étais bien sage. Je fais tout ce que je puis pour mériter que tu me tiennes parole. J'espère que tu me trouveras grandi en corps et en savoir. Adieu, je t'embrasse de tout mon cœur ainsi que maman, et je suis pour la vie,

Ton fils respectueux.

Ne m'oublie pas, je te prie, auprès de mon frère et de mes sœurs; j'économise pour leur apporter de la ville, aux prochaines vacances, ce que je croirai le plus propre à leur faire plaisir.

Envoi d'une pensée en broderie.

Ma chère maman ,

Une fleure st tout ce que peut offrir un enfant qui a le bonheur de vivre sous les yeux de sa mère ; éloignée comme je le suis , que te donnerai-je à ta fête? Cette idée m'a long-temps tourmentée. Des fleurs se faneraient pendant le voyage. J'ai imaginé de t'en envoyer une qui ne se flétrira jamais. C'est la pensée de l'amour et de la reconnaissance, et j'ai mis tous mes soins à la disposer de mon mieux. C'est le premier ouvrage de ta fille : puisse-t-il , maman, te plaire , tout imparfait qu'il est ! J'y joins de plus l'offrande d'un cœur qui t'aime et mille baisers par dessus.

Étrennes à une bienfaitrice.

Madame et généreuse amie,

Permettez qu'au retour de la nouvelle année je tâche de vous exprimer les sentimens de reconnaissance dont mon cœur est pénétré. Privé de parens dès la plus tendre enfance, je semblais dévoué à une vie d'infortunes quand vous voulûtes bien me prendre sous votre protection. Oui, ma chère bienfaitrice , je sens tout le prix de vos bontés ; les mériter sera toujours mon

plus doux espoir, mon étude journalière. En
retour de tant de bontés, si je ne puis vous offrir que des vœux stériles, ces vœux du moins
partent d'un cœur pénétré des devoirs que lui
prescrit la plus vive reconnaissance.

———————

Étrennes à une maîtresse d'apprentissage.

Madame et chère maîtresse,

Je manquerais au premier de mes devoirs, à
la reconnaissance, si, au renouvellement de
l'année, je ne vous adressais l'expression des
vœux que je forme pour votre bonheur. Ma plus
douce jouissance est en ce moment de rendre
hommage au sion que vous avez pris si conscien-
cieusement de m'inspirer de bons sentimens et
surtout l'amour du travail, en m'en donnant
vous-même l'exemple.

Recevez, madame, l'assurance de mon sincère attachement et du profond respect avec
lequel, etc.

———————

A des parens. — Hommage de succès classiques.

Mon cher papa et ma chère maman,

Figurez-vous ma joie. Je sors de la distribution et je m'y suis entendu nommer pour un
second prix de... (*Indiquer la nature du prix*)

C'est notre proviseur lui-même qui m'a cou-
ronné et embrassé. Oh! que n'étiez-vous là pour
mettre le comble à mon ravissement! que serait-
ce donc si j'eusse obtenu le premier prix? Mais
patience, je l'aurai l'année prochaine : je veux
redoubler d'efforts à la rentrée ; et, si je ne
réussis pas, il n'y aura point de ma faute.

En attendant, je vous envoie la couronne
que j'ai reçue ; pourrais-je la mieux placer?
N'est-ce pas à vos bienfaits, à vos soins actifs
que je la dois! Je me réserve les livres qui l'ont
accompagnée, parce qu'ils serviront à mon
instruction. Vous me promettez de m'appeler
auprès de vous aux vacances de l'année prochaine. Cet espoir, mieux encore que la pers-
pective du prix, va redoubler mon zèle et mon
ardeur pour le travail.

Sur la convalescence d'un père.

ʳ Chère maman,

J'apprends par ta lettre qu'enfin papa est
hors de danger. De quel pesant fardeau me sou-
lage cette bienheureuse lettre ! je tremblais à
chaque courrier, maintenant je n'aurai plus
que de l'espoir. Ce n'est plus pour lui prodi-

20ᵏ

guer mes soins, mais pour lui témoigner ma
joie que je voudrais être auprès de ce cher papa.
Ah ! je sens renaître avec l'espoir toute mon
émulation. Dis-lui bien, à ce tendre père, que je
suis tout au bonheur, à la joie et que surtout
je l'aime, ainsi que je toi, maman, de tout
mon cœur.

A un frère.

Mon cher... (*Indiquer le prénom du frère.*)

Qui a pu t'empêcher de venir hier à la maison? C'était grand congé et ton jour de sortie.
Papa me dit que tu n'auras pas su tes leçons et
que l'on t'aura retenu. Je le voudrais, quoique
ce fût bien fâcheux ; mais au moins je serais sûre
que tu n'es pas malade. Écris-moi, je t'en prie,
bien vite, et me tire d'inquiétude. C'est bien
dommage, va! que tu ne sois pas venu ; tu te
serais bien amusé et moi bien plus que je n'ai
fait. Nous avons été promener à la campagne,
et l'on nous a régalés de lait et de bon pain de
ménage tout chaud ; j'avais d'ailleurs tant de
choses à te raconter.

Adieu! réponse au plus vite. Je t'embrasse et
suis ta bonne sœur.

Réponse.

Hélas! ma pauvre sœur, c'est papa qui a de-
viné! j'étais en retenue; non pas pour mes
devoirs, je les avais remplis à en être fier; je
devais sortir et ma place était désignée dans
la carriole. Mais l'écolier propose et Dieu dispose.

Imagine-toi, ma bonne petite, qu'avant-hier
notre maître de quartier, obligé de s'absenter
quelques minutes, nous laisse seuls dans la
salle d'études. Aussitôt un esprit de vertige
s'empare de nous; c'est à qui en fera le plus;
nous bouleversons tout jusqu'à la chaire du
maître; je dis *nous* et j'aurais pu dire *moi*, car
je n'étais pas en reste avec mes camarades. Mais
bientôt le mentor arrive, et, dans sa colère,
un *pensum* général est la récompense de nos
méfaits. Tu ne sais pas ce que c'est qu'un *pensum* ? eh bien! c'est la plus triste punition pour
un écolier. Cinq cents vers de Virgile à copier,
et privation totale de récréation jusqu'à ce que
la douce tâche soit remplie. J'étais, à vrai dire,
exempt de la peine principale, celle de savoir
les autres au jeu ou en promenade, tandis
qu'on travaille d'arrache-pied (nous étions tous
à la besogne). Eh bien! ce fâcheux revers a été

bientôt oublié par moi, à la réception de ta charmante petite lettre. Adieu ! la semaine prochaine, je ne serai pas en retenue et je t'embrasserai comme je t'aime.

Présente chez nous l'hommage de mon amour et de mes respects.

Étrennes à une maîtresse de pension.

Madame et chère institutrice,

Je sais trop que dans l'année qui vient de finir, je n'ai pas toujours répondu comme je le devais aux soins que vous donniez à mon éducation. N'attribuez, je vous prie, ce mauvais succès qu'à ma légèreté naturelle et croyez que mieux inspirée cette année, je saurai enfin mettre à profit vos sages leçons. En attendant que je vous donne ce témoignage de la sincérité de mes bonnes dispositions, daignez recevoir en ce jour, consacré par l'usage, l'expression de la reconnaissance et du profond respect avec lesquels j'ai l'honneur d'être, etc.

FIN.

TABLE PAR ORDRE NUMÉRIQUE

DES TIMBRES OU AIRS,

SUR LESQUELS SE PEUVENT CHANTER LES COUPLETS
COMPRIS DANS CE RECUEIL.

26. Je t'aimais d'un amour si tendre
27. Du carnaval de Béranger.
28. Le riche éclat du diadème.
30. Vaudeville de l'Amour filial.
31. Jeune et novice encore.
33. Du haut en bas.
34. Si Pauline est dans l'indigence.
36. J'ai perdu mon âne.
37. Au sein d'une fleur tour à tour.
38. Dans les gardes françaises.
39. Vous ne pouvez pas être sourd.
41. Eh ! ma mère , est-c'que j'sais ça ?
42. Lise demande son portrait.
43. Chantez , dansez , amusez-vous.
44. Je suis Lindor.
46. De la Rosière de Salency.
47. Amusez-vous , jeunes fillettes.
49. Mais peignez-vous le paysage ?
50. Dans un bois solitaire et sombre.
52. Trouverez-vous un parlement ?
53. J'étais bon chasseur autrefois.
55. Vaudeville du Barbier.
56. Pourriez-vous bien douter encore ?
58. Pégase est un cheval qui porte.
59. Des bonnes gens.
61. Femmes , voulez-vous éprouver ?
62. Dans cette aimable solitude.
63. Lorsque dans une tour obscure.

64. D'un bouquet de romarin.

65. Ah ! mon cher oncle, en conscience.

66. Nous sommes précepteurs d'amour

67. Je loge au quatrième étage.

68. Bon soir, ma jeune et belle amie.

69. Tenez, moi je suis un bonhomme.

72. Elle était heureuse au village.

75. Ce fut par la faute du sort.

76. Comme une pipe de tabac.

77. De la piété filiale.

81. Et ma chaumière et mon troupeau.

84. Jeune et novice encore.

85. J'ai vu partout dans mes voyages.

89. Réveillez-vous, belle dormeuse.

91. Femmes, voulez-vous éprouver.

92. Le premier pas.

93. Salut, ô divine espérance !

94. Aux montagnes de la Savoie.

95. Beau comme un ange.

98. Réveillez-vous.

99. Jeunes amans, cueillez des fleurs.

100. Souvent la nuit, quand je sommeille.

104. La pitié n'est pas de l'amour.

106. En jupon court, en blanc corset.

107. Ah ! rendez grâce à la nature.

108. Colin disait à Lise un jour.

109. Chantez, dansez, amusez-vous.

111. Dorilas, contre moi, des femmes.

112. Mes chers enfans, unissez-vous.

FIN DE LA TABLE

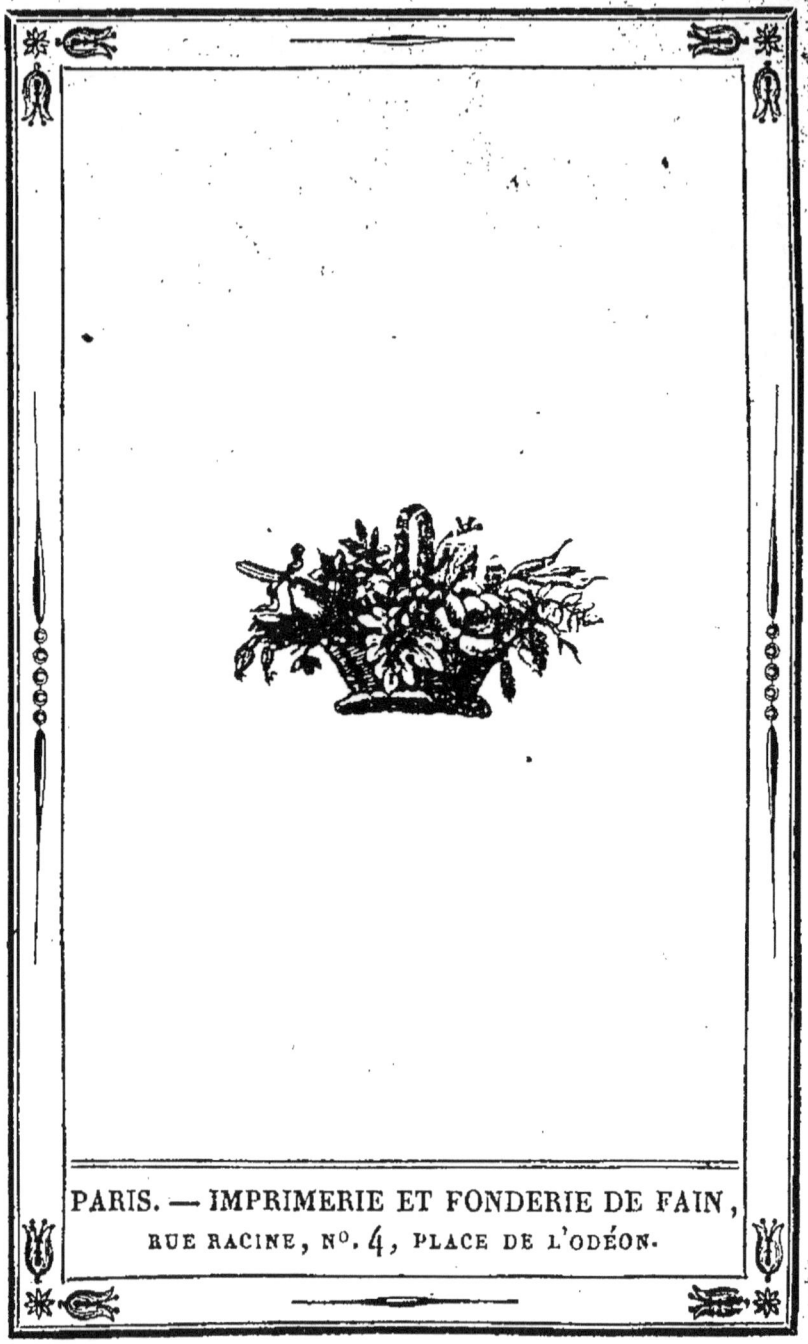

PARIS. — IMPRIMERIE ET FONDERIE DE FAIN,
RUE RACINE, Nº. 4, PLACE DE L'ODÉON.